高中生的
愛情競賽

追夢人的圖紙：一個技師的作家夢

筆者在天真無邪的小小孩時，有次夢見很多人圍著我，要我在書上簽名，在夢中那種趾高氣揚的風采，讓我的眼睛自動往上仰視四十五度，得意忘形的表情囂張到連瘸子都想踹我一腳。夢醒了，我發願將來一定要出書當作家。直到小學三年級第一次上作文課寫遠足遊記，我覺得主題內容寫什麼不重要，重要的是結尾論述「真希望學校可以每天辦遠足活動，讓我們擁有一個快樂的童年。」老師改完作文本發下來後，我驚訝的望著那個斗大的「丙」字，久久無法合嘴，隔壁同學說：「哇，好大一個餅，夠你吃一個月了。」從此我打消成為作家的念頭，開始過著胸無大志逍遙自在的人生。

出社會以後工作非常忙碌，不要說寫作出書，連看本書的時間都擠不出來。直到有一次我到高雄出差，工地主管打電話給我，

「技師，幾點回到台北？」

「大概晚上八點左右。」

「我這邊有份竣工圖，明天一早必須送到業主那邊，否則會被罰錢，大家都簽好了，剩你沒簽。」

「喔，大概有幾張？」

「二千多張，還好啦。」

媽呀，光簽名都不看，一張圖就需要花五秒鐘，如果再加上核對相關資料，估計五、六個小時才能完成，看來今晚要參加一個苦悶的熬夜派對。到高鐵板橋站後，三個同事開專車來接我，在車上遞晚餐遞水果遞咖啡，服務無微不至，似乎怕我落跑。到工地後七、八個同事圍繞在我旁邊，有人幫我翻A0圖紙，有人準備施工規範，有人準備施工計畫書及圖說資料，我只負責出嘴及簽名，在這「眾星拱月」的氛圍下，讓我憶起了小小孩時期的夢中場景，此時竟然活生生的映在眼前，因此又勾起那一絲縷寫作出書的夢想，不知道將來是否還有機會完成？

前年因緣際會讓我有一些多餘時間做個人私事，於是我將這輩子所學到有限的文字資源，零零落落拼湊成一篇小說，也不知道哪裡來的勇氣，要把它印製成書，可能是誤食類葉克膜的藥，讓我的心臟變比較大顆吧。原本以為寫完小說後，就可以翹著二郎腿等著領錢，跟出版社談過後，我才知道出書是要花一筆不少的費用，讓我大失所望。經與出版社協商後，在我懵懂的評估下，一次印1000本算起來最經濟。可是真的要印1000本嗎？賣的完嗎？內心掙扎萬分。

我facebook所有的親朋好友也才956位，就算一人買一本也賣不完，更何況裡面有三分之二以上是沒碰過面或沒講過話的朋友，他們不可能買我寫的書，但是既然吃了強心劑，我還是決定不要臉的印1000本。另外原本規劃要將這1000本書出售的盈餘捐給慈善機構，經比對出版社開的條件之後，發現一個可怕的事實，即使1000本全部賣完，尚有不少的資金缺口，根本沒有盈餘做公益。我終於可以體會在台灣沒有名氣的新鮮人作家，如果要靠出書過活，那生活將會非常艱辛。難怪我小兒子很慶幸跟我說，還好你現在才有成為作家的想法，若年輕時你改行去當作家，我國小可能就要半工半讀賺錢來完成學業了。

經過再三的反覆推敲，我打了電話給我這輩子最重要的貴人之一　皇昌營造董事長江程金先生，在我人生最谷底低潮時，就是江董事長伸手將我拉離萬丈深淵。江董事長為人一向樂善好施熱心公益，一聽到員工要出書而且要做公益，都還沒看到書，更沒有問書的內容是什麼，一口就答應第一版的書全部購買，而且捐一半的書到書店販賣，售書所得全數做公益。我衷心感激一位急公好義心存善念的老闆，讓我出書的夢想得以實現。

我深深體悟到「人生有夢，築夢踏實」這句話的真實含意，如果有美夢，不管在人生哪個階段，即使已年近耳順，仍應勇敢去追，終究會美夢成真。

林正浚

目次

01 粉墨登場

這是一個平凡的故事，發生在西元1980年代，沒有網路、電腦、手機的年代，升學主義掛帥的年代，只求溫飽的年代，一個永遠令人懷念的年代。

「妳這個囝子八字命格沒有很漂亮，卡無福氣。個性不認輸，卡愛跟人辯，人緣無啥好。但是主命格很強，身體會真健康親像牛。財庫平平，以後事業雖然袂賺大錢，但是應該袂餓到。有一點愛提醒妳，他的夫妻宮空虛，交女朋友會比較困難，可能會獨身一輩子。」陳半仙在為老媽解釋我的八字命格。

「那也安捏，這囝子是我們林家的獨子，我們林家接續香煙要靠他來傳，他不能單身一輩子，甘有啥辦法來破解？」老媽眼閃淚光著急詢問著。

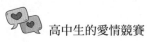

「八字命格不好的人，就愛多做一些善事，多種福田，將來有福報自然就會改命破解了。」陳半仙氣定神閒回應著。

「我就是怕你沒辦法交女朋友結婚，斷了林家香火。當初我要是沒破病，我就會多生幾個，現在也不會為了林家單傳的事煩惱。」老媽又在皺眉碎碎唸了。「媽，你講的故事我聽很多遍了，我現在高中讀冊卡重要，雖然我不是緣投飄撇那款，但是個性敦厚老實，交個女朋友應該沒問題啦。」」。我每次都要漫不經心的回應老媽。她就是擔心林家的香煙斷了，對不起列祖列宗，搞得傳宗接代是我這輩子最重要的工作，功課學業都是人生附帶品。但很不幸的，從國小到高中，我確實也不愛唸書，功課學業還真的是人生附帶品，反正算命的也說，財庫平平，再怎麼努力用功讀書，也不會飛黃騰達，人生海海，不要餓著就好了，至於結婚生子，應該不至於找不到對象吧。

我叫林正浚，大家都叫我「蒲阿」，為什麼叫我蒲阿呢？印象在我五、六歲時，因為名字裡有個正，阿嬤就希望我長大以後做人堂堂正正而且要溫文儒雅，所以就幫我取個小名叫「正文阿」，日後也證明我阿嬤料事如神，早就知道我個性最欠的就是這些特質，所以取「正文阿」這個小名來補強我的命格，可惜爛泥終究糊不上牆，無法改變我的天性，更無奈的是左鄰右舍的小玩伴，用著台灣國語的宜蘭腔，把我小名叫成「種蒲阿」，後來為了叫起來更簡潔有力，乾脆叫我「蒲阿」。但還好往後的歲月並沒有就像那句台灣俚語「人若衰，種蒲阿生菜瓜」一樣衰運一籮筐，反而這個綽號叫起來蠻親切順口的，我還蠻喜歡，連在家裡我父母也喊我「蒲阿」。我出生在一個小康家庭，父親是公務人員，思想古板守舊，光用目光一瞪就會令人不寒而慄。母親則是全職家庭主婦，三姑六婆九妹的那種。阿春嬸他家天花板的老鼠又生了、福伯他家的雞下了一個三個蛋黃的雞蛋、淑娥姨的兒子昨天去醫院割痔瘡，反正鄰里街坊有甚麼大小事，問她就知道了。家裡就我一個小孩，父親一直希望我能唸大學光耀門楣，母親則對於家道發展很重視，希望日後家裡人氣旺盛，多子多孫多福氣。我的個性外向，不喜歡唸書，靠自身一點的小聰明，高中聯考分數吊車尾考進宜蘭高中，基本上像我們這種東部縣市，聯考分數差二百分，結果還是進了相同的學校，全校都是男學生，是一所和尚學校，升學主義掛帥，生活極其枯燥乏味。普通高中沒有訓練謀生技能，因此目標只有一個，就是考上大學，七〇年代大學就那麼幾所，錄取率不到30％，為了爭取這有限的大學生名額，班上同學大多很用功，每天都抱著書猛K，他們的目標很明確，不僅要考上大學，而且要上國立大學，因此他們都不太喜歡像我這種會在課堂上作怪的學生。只有幾個和我一樣成績爛爛的同學，整天臭味相投話唬爛的瞎混在一起，快快樂樂享受高中生活。

來說說我同班這些狐群狗黨的好朋友，林基鴻綽號「紅雞」，因為他的名字裡有「紅、雞」兩個音，所以綽號渾然天成，三四歲時就有人叫了。他是我們這群死黨裡面頭腦及成績最好的一個，考試名次大約在班上三十幾名左右，其實他以前的成績非常好，國小是班上第一名畢業，還獲得縣長獎。國中也名列前茅，並以高分考進宜蘭高中，不過跟我們這群損友瞎攪和在一起後，功課自然往下滑。他常說「近朱者赤近墨者黑」這句成語用在他身上是最好的例證，但我一直鼓勵他，「不是你變弱了，是高中對手變強了，而且增加很多，宜蘭縣的菁英都跑來讀這裡，不要找藉口，有空多唸唸書吧，希望你以後考上台大，到時我去台大找你，順便借本原文書給我到校門口拍拍照，讓我威風威風。」

紅雞：「我覺得你拿PLAYBOY拍照比較符合你的性格。」紅雞自覺幽默回應著。

我：「我拿PLAYBOY你拿PENTHOUSE合照，一起來敗壞台大校風吧。」我也不是省油的燈。

他就是這種「喇豬賽」高手，自認幽默風趣。沒辦法，物以類聚，我們就是「群居終日、言不及義、好行小慧」的實踐者。

另一位盧金全，自封的綽號是「殺手」，是典型的高富帥深具魅力的男生。從名字就知道他是咬著金湯匙出生的，父親經營金飾店及家族經營房地產事業有成，從小就不愁吃穿，養尊處優慣了，也不愛唸書。原本要去讀高中職校，但父母希望他能在盧氏大家族裡第一個成為大學生，所以國中重考，硬是逼他考進普通高中。他自稱憑藉身高優勢，打籃球運用熟練的技巧，可以殺得對手寸甲不留，是籃球殺手。打麻將已練成精，一百四十四張牌經手指一搓，一秒鐘內就知道是哪張，連花牌都摸得出來，再複雜的牌，兩眼一瞥，三秒鐘內就可斷定聽哪張牌，贏多輸少，是麻將殺手。最主要還有瀟灑飄逸的外型，深邃的明眸，五秒鐘內可讓純情的少女臉紅心跳，是少女殺手，只可惜至今都沒有遇過傾心的女孩談戀愛，沒有羅曼史可吹噓。

我：「殺手，拜託你不要那麼自戀好嗎？」我不屑的調侃著。

殺手：「予豈好戀哉？予不得已也。」這種回話還帶著狂傲的表情，看到的人都想扁他。

我：「既然那麼強，交個漂亮的女朋友來瞧瞧啊！」

殺手：「不急，等我想要出手時，就連林青霞都會倒在我懷裡。」

我：「靠！林青霞若倒在你懷裡，那布魯克雪德絲可能就和我睡一起了。」比吹牛我也很在行。

陳啟孝綽號「key shout」（台語發瘋的意思，因為名字唸快一點就是這個音），也是跟我一樣，自認為有一點小聰明的生活白癡，答非所問的專家，生平無大志只求六十分，不要二主科一副科被當留級就好。我生平的第一支菸就是他偷他爸的四根菸請我們抽，第一次吞雲吐霧的快感猶如置身仙境，身體酥麻飄飄然，在雲霧中也浮現了許多美好幻想，所以抽菸上癮後要戒掉真的比登天還難。

我：「肖仔，身上有沒有菸，拿一根來頂一下吧。」上課時，我小聲喚著前座的肖仔。

肖仔：「靠，就剩半根了，等一下到廁所一起PLAY好了。」肖仔低音回著。

老師：「你們兩個，半根甚麼？PLAY甚麼？」國文老師大聲斥喝著。

媽的，為什麼高中老師的耳朵聽力都這麼好？十公尺外的蚊子在呢喃都聽的到。我內心暗忖著。

肖仔：「沒有啦，我早餐還有半根香蕉沒吃，等一下和林正浚一起吃。」肖仔反應很快秒回。

老師：「半根香蕉拿出來我看。」老師追問著。

肖仔：「……」肖仔無言以對。

老師：「班長，去請教官過來。」老師要追查到底了。

靠，要講也要講身上有的，講一個身上沒有的東西，把教官都引過來了。

教官：「你們兩個把書包拿過來我檢查一下，還有衣服褲子外套我都要檢查。」

人類在犯罪後調查期間的那種恐懼最為令人緊張不安。

完了，要記大過了，我內心忐忑不安，回去會被老爸修理了。

檢查五分鐘後，教官甚麼也沒找到。

教官：「不要以身試法帶違禁品到學校，記大過喔。」教官面色鐵青告誡著。

「知道」我和肖仔異口同聲回應著。

我：「你半根菸放哪邊啊？」下課後我趕快去問個明白。

肖仔：「我放在腳上的襪子裡，教官不會找到的。」肖仔得意回著。

我：「靠，難怪你的菸都有那種臭腳燒的味道。」我捏著鼻子回應。

肖仔：「有用紙先包一下啦，要珍惜啊，這種加味的香菸外面買不到耶。」肖仔用靠腰的表情回著。

我：「哪天你若喝到我請的有尿騷味的飲料，不要怪我。」我以瞇著單眼帶著邪惡微笑的欠揍表情回應，我總是喜歡用佔便宜的方式回話，跟這群損友再一起，怎能說軟話。

在青春叛逆期的男生，總是會做一些抵抗體制的事情，躲老師、躲教官的追查，來尋找刺激，例如抽菸、打麻將、打撞球等違紀行為，然而這些都是我們的最愛。

我們的導師教的是數學，已叱吒宜蘭高中十餘載，他總是抱著強將手下無弱兵的觀念教導我們，是嚴師中的嚴師，他規定早上七點二十必須到學校早自習，每週會有二天在升旗前小考，數學課時再發下成績討論，小考成績都會列入學期成績計算之中，逼我們用功讀數學。這天他表情緊繃嚴肅地走進教室。

「陳啟孝，0分。」導師大聲的音量，讓昏昏欲睡的我立即清醒，從他的語調可知他心中盛怒，以往導師發考卷都從最高分往低分發，今天很反常，不知道要發生什麼事。肖仔腳步懾懾的往講台走去。

導師：「鬍子為什麼不刮？」導師賞了一個耳光給肖仔。

導師怎麼突然動手，以前都只用拿藤條用力的拍拍桌子來嚇嚇我們，再配合酸言酸語的激將法逼我們讀書，今天怎麼也跟著「key shout」。肖仔根本來不及躲，頭低低摸著紅通通的臉頰。

導師：「跟你爸媽說，你們家不用買蛋了，吃你帶回家的都吃不完。」導師又再酸了。

導師：「盧金全，0分。」導師的音量更大。殺手摸了一下臉龐，心想還好我有刮鬍子，但是他用腳抽筋不良於行的慢動作，幾乎是用爬的速度在走。

導師：「動作快一點。」導師在咆哮著。

殺手低著頭走到講台邊

導師：「衣服為什麼沒紮到褲子裡面？」導師又重賞了一個耳光給殺手。

導師：「你們家很有錢，保險櫃就靠你的0分去鎖了。」第一次聽到0像鎖頭，可以鎖保險櫃，這句話真的比檸檬還酸，這種形容詞也只有導師想得出來。

完蛋了，因為前晚沒讀什麼書，我記得昨天早自習寫這份考卷時，也不太會寫，該不會下一個是我吧。

導師：「林正浚，5分。」

靠杯，平常打麻將想自摸都摸不到，怎麼這時候突然就心想事成。

導師的音量還是很大，我初步判斷仍處於盛怒狀態，不過我有分數應該不會被賞耳光吧。摸一下臉頰看一下服裝，都沒問題。

導師：「衣服怎麼皺的像垃圾。」導師的手立刻揮了過來。

還好我心裡早有準備，平常反應也飛快，退了半步閃過這一拍。沒打到我，導師的臉立刻漲紅，伸手到講台裡摸出一根藤條。

導師：「手過來。」導師的音量比廣播的擴音器還大聲，這時全校好像都安靜下來，準備好好欣賞導師接下來的表演。

「啪」的一聲，藤條重重的落在手掌心，這聲音極其壯烈，可以用驚天地泣鬼神來形容，而手掌心也漸漸地浮出一條紅龍，這種刺痛恐怕會影響我拿球桿撞球的準度，搞不好中午筷子都拿不起來。

這次小考全班都考得不理想，而導師只打了我們三個人，真不公平。

5分要打，10分不用打，差一題就是天堂與地獄的分別，我心裡暗自訐譙。

導師：「已經高二學期末快放暑假了，暑假過完就是高三，離大學聯考的時間越來越近，你們還漫不經心，都不用功讀書。小考是大考的基礎，唯有基礎打好，才能建高樓。日後我會比今天更嚴格，你們看著辦。」導師眼神充滿殺氣訓斥著。

我心中暗想「若要收到效果，應該要處罰95％，大家才會怕，而不是只有處罰5％，那墊背的以後都不敢來上學了。」

從這堂課之後，我看見班上大部份同學神情越來越緊繃，笑容都似乎遺失了。

比起國文、數學這種聯考壓力課，我就比較喜歡上音樂、美術、體育修身養性的課程。音樂老師彈得一手好琴，彈出來的音符，像是有療癒的波紋，無論再怎麼悲傷憂鬱，只要優美的旋律鑽進腦海，頓時通體舒暢，立即忘卻煩憂。不過師大畢業的老師，通常會比較刻板，不苟言笑。期末考老師要求我們選一首最喜歡最拿手的歌曲清唱，藉由聲音、表情及肢體語言對歌曲的詮釋，來評定學期分數。大多數的同學都是唱民謠、民歌來博取分數，班上有位優秀的同學還唱英文歌「The Sound of Silence」。

「Hello darkness,my old friend. I've come to talk with you again…」整整三分多鐘歌聲優美、旋律動人，老師讓他唱完未曾打斷，聽完後大讚準備周詳，歌聲清新自然，可得很高的分數。大家為了拿高分，無不使出渾身解數，從選適合自己聲音的歌曲到練習表情，都努力掏出自己的壓箱法寶。這天輪到肖仔出場考試。

肖仔：「今天為大家帶來世界民謠，Two Tigers。」肖仔很正經的為大家介紹。他哪時會唱英文歌？為了騙分數去偷練？我很不屑的瞎猜。

肖仔：「兩隻老虎，兩隻老虎，跑得快，跑得快，一隻沒有耳朵……」只見他雙手比二放在頭上左晃右晃，接著雙手握拳前後搖擺，全班哄堂大笑，這歌聲表情動作若在幼稚園比賽，鐵得冠軍。

老師：「夠了夠了，你下來吧。」不到十秒鐘，肖仔就被老師請下台。

接著換我上場了。

我：「老師各位同學，今天我要唱的是我這輩子最喜歡的歌曲。（清一下喉嚨）三民主義，吾黨所宗，以建民國……」我認為這首從小到大唱了無數遍的歌曲我最熟悉，而且可以表現愛國情操。

聽到國歌，全班立刻站起來，嘴巴緊閉，我知道大家都忍住了，沒把最後那口氣噴出來。

老師：「你……你……下來吧。」也是不到十秒鐘，老師有點氣到，請我下台。

我以為這種八股的愛國表現，會受到鼓勵拿高分，結果學期成績60分。

肖仔：「還好音樂老師宅心仁厚，沒當你。」肖仔在我耳旁搧些風涼話。

我：「不要五十步笑百步，你才62分。我差寂靜之聲也才35分，差不多啦。」我很會安慰自己。

殺手家在頭城，父母為了不讓他每天舟車勞頓搭車上下學，就在學校旁租了一間二房一廳雙衛的小公寓給他住，希望他把節省的通勤時間拿來唸書。而這間小公寓也變成了我們幾個同學的歡樂窩，放學時常常來這裡打麻將聊天瞎混，殺手是「處女座」，有點小潔癖，他規定煙灰不能亂彈，菸蒂不能亂丟，所有垃圾整理好才可離開，所以房子倒也保持的明亮乾淨。而為了掩人耳目，殺手特別去買一副鑲塑膠邊的麻將，這些「麻雀子仔」碰撞起來不會有聲響，不會吵到鄰居，所以也不用怕警察來抓。我們打麻將純粹是為了耗時間，除了殺手外，我們其他三個零用錢都有限，所以打三塊錢一底一塊錢一台的衛生麻將。

紅雞：「嘴張開，呷賽了。」紅雞打西風的標準口訣。

殺手：「靠杯阿。」殺手打北風回嗆。

肖仔：「想胡我嗎？難啦。」肖仔打出南風。

我：「別吵別吵，恭喜發財」我打青發緩和一下。

每打一張牌大家總是口中唸唸有詞。

突然間肖仔大喝一聲。

肖仔：「肅靜。」

大家都安靜地望向他。

肖仔：「讓我們來品嚐這份濃濃的郁香。」奸詐的微笑又閃在肖仔的臉上。

接著肖仔放了一個又響又臭的屁，臭味勝過腐爛的老鼠屍體，大家立刻蓋牌掩面而逃，殺手還不忘把電風扇開到最大，才落荒而逃。

我：「肖仔，你中餐是吃甚麼東西，放的屁怎麼這麼臭？」我真想揮拳從他頭上扒下去。

紅雞：「我猜肖仔大概是直接吃大便，才有辦法放出如此空前絕後的臭屁。」紅雞調侃著。

殺手：「靠，我的租屋處每天花十分鐘噴芳香劑處理煙味，你就這樣十秒鐘毀了我辛辛苦苦的成果，我寧願聞煙味致癌而死，也不願意被你臭死。我現在規定，以後在我租屋處放臭屁，一次罰5元。」

肖仔：「哎唷，大家是好兄弟，才會找你們一起品嚐這麼神聖的味道啊。」

大家又是一陣指責臭罵聲，一句比一句難聽，我覺得肖仔的耳膜可能會爆掉。約莫五分鐘後我們才返回牌桌旁坐下來。

我：「媽的，肖仔你的臭屁結構還真紮實，強風吹這麼久還沒吹散，真的是餘味繞樑三日不絕。」

殺手：「我得請專業的除臭公司來才有辦法處理。」

我：「媽的，肖仔你不顧別人死活，會失去很多朋友，形單影孤的生活，這情形可用二句古詩來形容你。」

肖仔：「哪二句？」

我：「塞外林中涼，老樹枝頭擺。」

肖仔：「嗯，這二句古詩確實可以形容我，自古偉人都是在淒涼蕭瑟的環境中成長。」

紅雞：「肖仔，你不要傻不隆咚了，蒲阿這種罵人不帶髒字的跳字訣，你聽不出來嗎？你自以為是文人雅士來解讀這二句古詩，蒲阿的意思就是塞林涼老枝X。」

肖仔：「媽的，蒲阿你的嘴巴真賤。」

我：「罵你這二句，剛好而已。」

殺手：「算了啦，肖仔給大家機會出去透透氣轉轉運，我們繼續打吧。」殺手出來緩頰。

練完肖話，我們三個眉頭緊鎖，吃力的繼續打牌。

紅雞：「釣魚竿二條。」基鴻打了張二條。

殺手：「胡了，東風、一花、莊家、中洞共四台。」殺手笑嘻嘻在算台數。

紅雞：「靠，二三條都碰死了，你還有三條可以聽二條中洞，而且二條只剩一張，你還在聽這張，你會不會打牌啊，早該拆了吧。我這種背運應該都是肖仔的臭屁害的，肖仔這把你賠。」紅雞不滿的數落著。

殺手：「我這是出奇制勝，專抓會算計的，麻將殺手可不是叫假的。」那種欠扁的表情又出現在殺手臉上。

我：「殺手你家是拜麻將神嗎？為什麼運氣常常這麼好？」我雙手合十朝他膜拜。

殺手：「這副牌是我養的，每天睡覺前都給他們聽音樂，每張牌都有擦拭洗洗澡，偶爾帶出去曬曬太陽，說些好話給他們聽，用最深的情意撫觸他們，把他們當做家人一樣呵護著。」殺手吹噓著。

紅雞：「靠，我下次要自己帶麻將牌來了。」紅雞好像頓時開竅。

我：「下禮拜期末考，要讀一下書，免得要做學弟。」我提醒大家。

紅雞：「是啊，期末考結束過完暑假就升高三了，我們還是要面對大學聯考。」紅雞若有所思。

殺手：「沒考上大學沒關係吧，拒絕聯考的小子不上大學，不是一樣活得好好的。」殺手接話著。

肖仔：「依你家的環境，就算你只有國小畢業也沒差。」肖仔瞪一下殺手。

我：「要不然期末考結束後找一些女生出來玩，紀念高二學期結束，也為升上緊張的高三生活前做一些調劑。」我提議著。

肖仔：「好啊好啊，紅雞你妹在蘭陽女中人緣很好，又品學兼優，請她約一些同學或學姊跟我們去玩，好嗎？」

紅雞：「好吧，期末考後，我請我妹約約看。」紅雞回應著。

高二下這學期紅雞還是最厲害all pass，英文是我的天敵，每次在讀英文時，就好像看到千百條蟲橫屍在白紙上，看久一點，這些蟲還會起死回生，緩緩蠕動，腦袋噁到快中風，只要能不碰就不碰，因此我被當的似乎理所當然，肖仔物理被當，殺手最慘數學、物理兩科被當，還好都沒有二主一副被當，否則就留級當學弟，所以今天特別來彈子房放鬆身心慶祝。

殺手：「老朱，拿包菸過來。」殺手叫著彈子房的老闆。

老朱：「菸不要抽太多，傷身體。」老闆提醒我們幾個。

這家彈子房位於金六結後門偏僻的竹林內，內行的才找的到，為了躲避警察及學校教官追查涉入不良場所學生，經學長介紹來這家。老闆在戶外又養狗，有陌生人靠近就會狂吠，萬一真有警察或教官巡檢，聽到狗吠後，我們還可以從側門溜之大吉。老闆是個退伍的單身老兵，有打過二次世界大戰，隨國民政府播遷來台，個性非常溫和慈善，是個大好人。

殺手：「給你多賺點錢，所以一次買一包，不是買散菸耶，這是我們一番心意，就不要唸了。」殺手回嘴著。

老朱：「我是特別關心你們幾個才講二句喔，你看那些阿兵哥，我從來不講他們。」老闆笑笑回答。

我：「老朱，你既然這麼關心我，就收我當乾兒子吧，以後我來打球就不要收錢了。你若死了，遺產就全部過給我，我會好好幫你辦後事，也會虔誠祭拜你。」我在旁接話。

老朱：「你這個死蒲阿，只會詛咒我，我一定活到一百歲以上。」老闆還是笑笑的回著。

肖仔：「蒲阿，換你了啦，還在耍白癡。」肖仔在叫了。

我：「我來給你上上物理課，撞球講究角度，我教你甚麼是入射角等於反射角，甚麼是球靠桌布摩擦力迴旋拉桿，免得你下學期物理又被當。」我朝著肖仔大放闕詞。

殺手：「蒲阿，趕緊撞啦，我都還沒出聲，你倒是理論一大堆啊，手下敗將。」殺手又在虧了。

我不得不承認，殺手在撞球這方面倒是跟籃球一樣蠻有天份，我們都打不贏他。

紅雞：「有了有了。」紅雞人未到聲先到。

我：「有你的頭啦，你是去生雞蛋喔，遲到這麼久現在才來。」我向他大聲嚷嚷。

紅雞：「為你們的福利才晚點到，剛才跟我妹喬她學姐跟我們出去玩的事。」紅雞答道。

紅雞：「跟我們同屆一樣要升高三，也是四個人一起去，到十分寮瀑布野餐，聽說成績好又長的很好看，這禮拜天早上八點宜蘭車站集合，你們三個不要遲到喔。」

肖仔：「好耶，到時候一人選一個，比賽誰先追到。」肖仔非常興奮發表意見。

殺手：「這需要比嗎？依照我的條件跟手段，一定是我冠軍，注意喔，這次我要出手囉。」殺手又開始臭屁了。

我：「好啊，那我們先來定義何謂追到。」我接著說。

殺手：「說你憨蒲阿就是憨蒲阿。」殺手又在機車了。

我：「你在說甚麼芋仔番薯。」我不爽的回著。

殺手：「你沒聽過嗎，追女孩就像打棒球一樣，你現在是打擊手，如果女孩子願意讓你牽手了，那代表你已經站到一壘。如果女孩子願意讓你親嘴了，那代表你已經站到二壘。如果女孩子願意讓你的手在她身上四處游移，那代表你已經站到三壘。呵呵，如果女孩子願意跟你上床，那代表你已經奔回本壘得分了。」殺手口沫橫飛闡述著。

我：「好啊，那我們先來比賽誰先擊出安打，站到一壘壘包，不准用偷牽、強迫、利誘，要心甘情願讓你牽才算一壘安打。」我對大家發出戰帖。

紅雞：「那賭注就是貳佰元，冠軍全收，而且要女生很願意的情況牽手，大家看了才算數。」紅雞也興奮的補充道。

殺手：「你們三個要靠安打才能上一壘，女孩子如果看到我一定自動投四壞球，保送我上一壘，我是不用靠安打啦。」殺手還是那副機車樣。

殺手：「看在我們是兄弟的份上，我教你們幾招對女孩子說話的技巧。」殺手像大師般準備傳授。

殺手：「如果女孩子問你『我長得好看嗎？』你要怎麼回答？」殺手問道。

我們三個人一時之間無法反應回話。

殺手：「我們可以把女孩子的長相分成四個等級。第一級是絕美艷麗，這一級的美女無論臉蛋身材只要你看一眼，眼珠子就會定格般，捨不得眨眼錯過，可用國色天香驚為天人來形容，就像美國影星布魯克雪德絲一樣，所以你就回答你長得真的是絕美艷麗。第二級是漂亮清秀，這一級的女孩臉蛋及身材雖沒第一級艷麗有曲線，但仍屬上乘之選，看了也會令人心動垂涎，就像電影拒絕聯考的小子裡女主角彭雪芬，所以你就回答你長得真的是漂亮清秀。第三級是乖巧可愛，這一級的女孩臉蛋身材就普普通通，但是你嘴巴要甜一點，要說你長得真乖巧可愛。第四級就是五官長的不均勻又不太協調，看到她後會全身軟趴趴的那種，人家問你時，你也不能傷她，要說你很善良。」殺手說得津津有味，果然是理論派大師。

我：「那第五級不就是你長得很愛國。」我補充著。

肖仔：「那第六級不就是你長得很遵守校規。」肖仔繼續補充。

殺手：「反正你們幾個也是善良一族，不要亂訂標準，記得跟女孩子在一起，嘴巴要甜一點，這禮拜天我示範給你們看。」殺手說道。

說到要跟女生出去玩，我們這群情竇初開的青年，在雄性賀爾蒙快速分泌作祟下，個個精神亢奮，眼睛炯炯有神，好像這群女生已成為我們的囊中物般。

02 比賽開始

老媽：「蒲阿，起床囉，要遲到了。」老媽一大早就在高聲吆喝著。

我：「現在是幾點啊？」我睡眼惺忪的回著。

老媽：「已經五點半了，趕快起床，你不是跟蘭女的同學約要出去玩，第一次千萬不要遲到。」老媽聲音依舊宏亮，在靜謐的清晨，特別刺耳。

我：「不要那麼大聲，你是怕鄰居不知道我要出去玩嗎？你這樣喊下去全世界都知道了。」

老媽：「你每次去上學都慢吞吞的，早一點叫你才不會遲到，萬一沒趕上火車就麻煩了。」

我：「從家裡走到火車站也不過十幾分鐘，就算用爬的也不用一個小時，八點才集合，這麼早起床去火車站等，你是要我去車站做憨人喔。」

老媽：「反正你趕快起床就對了。」老媽不知道在急甚麼。

我：「我要再睡一下，七點叫我就可以了。」

老媽：「不可以啦，今天卯時是吉時，現在起床會有好兆頭，而且萬一睡過頭，菩薩都救不了你。」

我：「又不是要結婚娶老婆，時辰有那麼重要嗎？」

我：「好啦好啦，我起床啦。」我實在很不情願的下床。

平常七點多到學校，六點五十起床，時間就綽綽有餘。家裡到學校跟到火車站的距離差不多，今天八點集合，五點半就起床，真的是要人命。人家說「早起的鳥兒有蟲吃」，但我知道，我這一生當不了鳥，只能當蟲。「早起的蟲兒被鳥吃」，所以平常時我寧願多睡一點。

稀哩嘩啦梳洗完畢吃完早餐還不到六點，只好先在客廳發呆。

老媽：「蒲阿，這是我幫你準備的野餐點心，收拾一下趕快出門囉。」老媽窩心的叮嚀著。

我：「媽，你是當我要去逃難嗎？這麼多我哪吃得完。」我驚訝的看著餐點。

老媽：「多帶一點可以分給朋友吃，有些女生出門時甚麼也沒帶，到時你就有表現的機會囉。」

我：「免啦，我同學他們都會自己帶，而那些女生又不一定會吃我的，背包增重而已。」

老媽：「不要再囉嗦啦，吃不完再帶回來。這裡伍佰元給你，不要讓你爸知道喔。」老媽偷偷塞了伍佰元給我。

我：「你一次給我二個月的零用錢，要我去當『盼仔』喔，出去郊遊一下，不用帶那麼多錢。」

老媽：「多帶點錢以便有不時之需，有些女生出門時會丟三落四，到時你表現的機會又來囉。」

我：「我覺得脫掉上衣秀出腹肌，這樣的表現會更吸引女生。」我做出脫上衣的動作

老媽：「不要耍白癡，趕快出門啦。」老媽作勢要扒我的頭。

看來老媽把今天的活動當作是選妃之遊。

背著登山包，在這夏日的清晨踽踽獨行，晨曦中，一縷和煦的陽光抹在臉上，微風輕撫髮梢，淡淡的野薔薇花香飄進心坎裡，讓人神清氣爽悠然自得，今天真是一個適合發情的日子。長這麼大，從來不曾發覺宜蘭的清晨是如此的美麗。

這麼詩情畫意的圖騰，竟然殺出一個步履蹣跚佝僂著背的老太婆，推著小輪車，上面放著垃圾桶，正努力清掃著街道。心念一轉，還好有這些默默辛苦工作的清潔老者，才能讓街道維持著整潔乾淨。

我：「阿婆，辛苦囉，透早就出來打掃。」我心裡有點不捨。

阿婆：「沒法度，為了生活。少年耶，你馬敖早，透早就出門。」阿婆咧嘴笑著，臉上的皺紋加上缺了門牙的笑容，更顯現她生活的滄桑。

我：「阿婆，這些麵包送妳，給妳當早餐。」我拿了五個麵包，用塑膠袋裝好送給阿婆。

阿婆：「免啦，我出門有吃一些，現在不會餓。」阿婆很客氣。

我：「不要緊，妳拿著，掃完肚子餓也可以吃啊。」我硬是塞給她。

阿婆：「好啊好啦，少年仔，真多謝你。」阿婆笑的皺紋更深了。我很慶幸的地方就是我心底那一絲人性的善良始終沒有抹滅，給阿婆麵包後，心情更愉悅，步伐更輕盈了。

清早的車站仍有不少趕市集的小販，我想應該都從較偏僻的鄉鎮趕來宜蘭市做買賣，挑著重重的擔子，也代表挑起重重的家計。腦海中突然閃過老爸的教訓，「讀書是脫離貧窮的唯一方式，我給你最好的環境，讓你無後顧之憂的去唸書，為了前途，希望你可以用功讀書考上大學，這樣也可以光耀門楣。」，講真格的，只要老爸不動粗，我哪來的動力唸書。就算動粗，我唸書的熱度大概只能維持一二天，我還是認命吧，能不能上大學就看隨緣的運氣吧。

紅雞：「蒲阿，你怎麼這麼早。」紅雞人未到聲先到，老遠就在喚著我。

我：「我在這兒坐了一個多小時，別人以為我要幹甚麼壞勾當，都快報警了。你也早到了三十分鐘耶。」

紅雞：「我算是主辦人一定要先到，沒想到你比我早，你早點來是想要先選漂亮的妞嗎？」紅雞又在靠北了。

我：「塞令老師咧，你妹找的，會有甚麼好貨色，能有第三級的貨色就不錯了。」我立刻將了回去。

紅雞也懶的理我，只見他東張西望似乎在找人。

我：「你在找誰啊？」我好奇的問。

紅雞：「找她們那個帶頭的，我妹只大概形容一下，我也沒見過，聽我妹講，她人緣好是他們班的班長。」紅雞答到。

約莫五六分鐘後，紅雞拉著我走到一位女生旁。

紅雞：「請問你是高怡君同學嗎？」紅雞微笑問道。

怡君：「是啊。」女生回應著。

紅雞：「我是林惠娟的哥哥林基鴻，很高興今天能和你一起去郊遊。」紅雞笑到露出貝齒了。

怡君：「林同學你好。」怡君同學也微笑著回應。

紅雞：「這位是林正浚，綽號蒲阿，他喜歡別人叫他綽號。」紅雞介紹我。

怡君：「蒲阿你好。」怡君同學點頭說著。

我：「班長妳好妳好。」我很客氣回著。

怡君：「基鴻同學你怎麼那麼厲害，可以認出我。」怡君同學問著。

紅雞：「我對漂亮的女生有絕對的辨識能力，我妹大概形容一下，我就能一眼認出妳。」

紅雞上輩子絕對是華山派掌門人岳不群那個偽君子，明明屬於第四級的女生，嘴巴甜到家裡不用買糖，只見怡君同學笑得更開懷，眼睛瞇成了一條線。

我：「基鴻的視網膜只能映出漂亮的女生，所以他才能認出妳」我補充著。

怡君：「你們兩個怎麼那麼會說話逗人開心。」

女生只要有人說她漂亮，即使是天大的謊言，他們仍堅信那是實話而心花怒放。

靠，果然被我料到，紅雞妹妹找的，一定沒有甚麼好貨色，如果等一下另外三個也都是第四級的貨色，我是否要找個藉口開溜呢？

紅雞：「我為人一向誠實正直，說話絕不浮誇。」紅雞正經八百說著。

我聽到這句話，早餐喝的牛奶差點逆流而上從嘴巴噴出。

我：「對呀，基鴻是我們班最誠實正直的人，學校若舉辦誠實比賽，他鐵定冠軍。」靠，我一定補充到你上天堂。

聊著聊著，殺手和肖仔漸漸走近，怎麼那麼巧，兩人連袂出席，殺手還帶著他心愛的收音機來。殺手原可在頭城順路上車，但是為了避免被我們幾個兄弟「衝康」，所以昨晚先到他的租屋處睡覺，以便可在出發的宜蘭站掌控大局。

紅雞：「殺手、肖仔在這邊。」紅雞高聲喊著。

紅雞：「這位是我妹的學姊高怡君同學。」

紅雞：「這位是盧金全，綽號殺手，這位是陳啟孝，綽號肖仔。」紅雞在熱絡介紹著。

怡君：「你們好，好獨特的綽號殺手、肖仔。」怡君同學打著招呼。

殺手：「從肖仔的外表一看就知道瘋癲成性，綽號當然名符其實。我則是因為比較文靜喜歡唸書，太溫文儒雅，取一個外向兇煞的綽號來調和一下。」殺手要接管戰局了。

怡君：「呵呵。」怡君同學開心笑著。

殺手：「妳的臉型搭配著燦爛的笑容，以後可以進演藝圈，走青春玉女這條線，一定會紅遍台灣頭到台灣尾。」殺手口沫橫飛吹捧著。

殺手講完這些話，我腦海裡立刻浮出楚留香電視劇裡的那個無花和尚的影子，居然可以道貌岸然一本正經的說著違心話。我想或許我們唸的是和尚學校，沒機會接觸女孩，一接觸後，立刻可以母豬賽貂蟬。

我：「殺手你不是也很嚮往演藝圈的事業，到時候你可以和怡君演個愛情文藝片，你當男主角，怡君演女主角，男帥女漂亮，一定大賣座，紅遍全世界。」我最喜歡順著別人的話尾補充，讓他無法接話。

「好耶好耶。」紅雞和肖仔異口同聲拍手叫好。

我已經瞄到殺手的中指暗暗的翹起來在指我了。

沒多久，有三個女生朝我們這邊走來，中間高個鶴立雞群約莫165公分，長相甜美可愛，我自評屬於第二級的美女，左邊個頭稍矮一些，約莫有160公分左右，長相風華絕代身材姣好，是難得一見的一級大美女，右邊個頭也是約莫160公分，不過相貌平平，應屬第三級的平凡女孩，老天爺保佑一下，她們三個就是和我們一起出去玩的女生。

怡君向她們三個揮了揮手，老天爺您也太眷顧我了，夢想就在這一秒鐘內實現。

怡君：「來來，我幫妳們介紹一下。」怡君好像仍舊主控著整個局勢。

怡君：「這位是我學妹的哥哥林基鴻，功課好又幽默風趣，這位是林正浚，腦筋好反應快，這位是盧金全，是個大帥哥喔，這位是陳啟孝，個性開朗陽光。」怡君口才流利，好像跟我們熟識很久般地介紹著，但是她怎麼把我身上的優點都均分給我的同伴。我想到了一句經典名言「上帝關了一扇門，必定會再為你打開另一扇窗」，雖然她美貌不如人，但是她擁有了好口才好人緣的領導統御能力。還好紅雞的妹妹沒讓我們失望，此行有二個大美女共同參與。

「各位同學大家好。」我們四位齊口同聲說。

怡君：「這位是楊秀芬，她除了身高是我們班第一名外，成績也是我們班第一名喔。」

秀芬：「各位同學大家好。」

我心想第二級的美女讀書怎這麼厲害，在我印象中會唸書的都長得不好看啊。

怡君：「這位是張惠華，她是我們蘭女公認的校花，功課好又溫柔。」

惠華：「各位同學大家好。」

這位絕對是第一級的美女，傾國傾城的尤物，我看到殺手的眼珠子都凸了出來，口水都流到下巴了，看來發情不是我的專利。

怡君：「這位是林美玲，她功課好善解人意，成績是我們班第二名喔。」

美玲：「各位同學大家好。」

靠，今天是要舉辦讀書會嗎？怎麼都請成績好的過來。

我們各自買完車票後就進月台候車，先搭普通列車到三貂嶺站，再換平溪線的列車到十分站，之後再走路至十分瀑布。在月台上女生們還蠻拘謹的，站成一堆在話家常。而我們這邊殺手把我們幾個召集過去。

殺手：「各位弟兄，我年紀最大，是你們的大哥對吧。」

我們：「是啊。」

殺手：「第一次出來跟女生玩，是否大哥說了算。」

我們：「是啊。」

殺手：「還記得一人選一個，比賽誰先追到這檔事吧。」

肖仔：「當然記得，是我提出來的。」

殺手：「為了避免兄弟鬩牆，我來分配對象。」

我似乎有種不好的預感將襲面而來

紅雞：「好啊，大哥妳說說看。」

殺手：「這個張惠華是個校花，一看就知道很精明不是好惹的，這麼艱鉅的挑戰，我願意幫大家承擔。」

我們：「大哥你在自肥吧。」

殺手：「那個楊秀芬身高那麼高，成績第一名那麼好，紅雞是兄弟裡身高最高的，成績也是我們幾個裡面最好的，由紅雞來壓，勝算會比較大一些。」

紅雞：「大哥，我願意承擔。」

我：「靠，我也很想承擔啊，大哥。」

肖仔：「剩高怡君跟林美玲兩人，蒲阿，你姓林，同姓不婚，所以我就分配林美玲，高怡君就屬於你個人的。」

殺手跟紅雞都點點頭表示贊同

我：「天啊，你們把追第四級這個最簡單的任務分配給我，很瞧不起我耶。」

看來老媽說吉時起床會有好兆頭，根本不靈驗。

殺手：「沒有瞧不起你，下次像這樣機會，再由你安排。」

我：「等一下上火車，不用吹灰之力，我就牽她的手給你們看。」

殺手：「追女生不是耍嘴砲就能成功，要慢慢突破她的心防，我預計採用二分進攻法，今天我們八個人一同出去玩，記得要留下聯絡方式，電話或住址之類，回來後找一天，二男二女四人一組再出去玩，在下下次，直接把對象邀出來約會，二分法分到剩男女各一人，到時候若她肯出來，應該就成功一半以上了。」

我：「大哥，我願意被其他三個女生蹂躪，也不願意去踐踏這個善良又忠貞愛國的女生。」

殺手：「蒲阿，今天先這樣分配，我們好兄弟不要為了女生吵架，搞不好你之後會有更漂亮的對象。」

火車慢慢駛進站，我們魚貫的上了車，星期日早上往台北方向下車的人多，上車的沒幾個，我們找了車廂較空處坐了下來，那四個女生倆倆而坐，火車還沒啟動出發，就已經把書本拿出來，有的在背英文單字，有的在看國文，我看到高怡君和楊秀芬還拿數學參考書在演算。

我們四個男生面面相覷，我們帶麵包零食出來遊玩野餐，人家帶書本單字卡出來走進自然，求學態度差異這麼大，個性會合嗎？紅雞向楊秀芬湊了過去

紅雞：「數學是我的強項，有問題我們可以討論討論喔。」

紅雞這招厲害，用討論功課這支軟劍，撥開她們防禦的堡壘

怡君：「我們正在算一些排列組合的問題，有問題時，我們再一起討論好了。」

紅雞：「排列組合高三上才開始學，現在剛放暑假，離開學還早，妳們就先開始自修啊？」

怡君：「是啊，自己先看看。」

紅雞識趣的退回我們這邊。

紅雞：「蒲阿，排列組合你會嗎？」

我：「你都還沒開始唸，我怎麼有可能會。」

紅雞：「蒲阿，不然你過去跟她們講些五四三的，化解這些剛愎的讀書氣。」

我：「我跟我們班會唸書的前幾名同學都絕緣，而且這些還是資優的女生，能擦出火花嗎？」

紅雞：「不試試怎麼會知道答案。」

我：「讓我想一下辦法。」

喜歡唸書的女生通常專心一致，不喜歡被打斷，為了避免被討厭，我得找個好時機切過去。火車車輪在鐵軌上的咚隆咚隆聲，似乎也沒有讓她們分心，空氣中就是瀰漫了這種尷尬的讀書氣息，靠，另外那兩頭豬殺手和肖仔是否在睡覺，怎麼也沒聽見他們的聲音，怕靠過去就被問倒？也許跟我一樣在等待好時機。火車過了外澳站，蔚藍的太平洋逐漸靠近車窗，遠方平靜的海面上閃爍著金黃色陽光所灑下的小點，猶如夜空中亮晶晶的星辰，龜山島就孤聳在天際

線上，遙望著那些捕魚人家的小船，守護著這片大海，而岸邊一波又一波的浪濤，正在翻轉今天的希望，好一幅夏日靜海的圖騰。我想打破僵局的機會大概來了。

我：「哇！」

果然兩個女生被我的驚嘆聲吸引，沿著我的視線望向窗外，就這樣靜靜的欣賞這美景數十秒，聽說喜歡看海的女生容易感動，我要來試試看了。我湊了過去

我：「今天要去的十分瀑布，妳們有去過嗎？」

怡君和秀芬都搖搖頭。

我：「那裡風景『十分』秀麗，所以取名十分瀑布。」

怡君：「你瞎掰的吧，那為什麼不取名十秀或十麗瀑布。」

我：「因為風景確實十分漂亮，連一分也不能打折，一定要十分。」

我：「而且這裡流傳著一段淒美的愛情故事。」

怡君：「真的喔？」

我：「這故事是這樣的，十幾年前，在十分瀑布旁有個林家莊，幾十戶人家有位有錢的林姓地主，個性跋扈，凡事沒有商量餘地，村民都很怕他。他有一個二十出頭歲的獨生子叫林明義，人如其名，個性剛烈而有正義感，路見不平一定拔刀相助。後來村裡搬來一戶林姓人家，不過這戶人家主人是隨政府播遷從大陸逃難到台灣，家裡較窮，靠主人當礦工維生，主人是來台灣後才娶老婆，生了個乖巧的女兒，也是二十來歲叫林雨柔。」

上鉤了喔，我發現他們兩個非常認真的在聽我講的故事，再矜持的女生，一定敵不過純純的愛情故事，那種渴望知道結局的眼神，已把書裡的數學公式拋諸腦後。

我：「他們在一次市集的場合一見鍾情，互相邂逅，明義常常約雨柔賞星觀月，共許未來。到已論及婚嫁階段，明義父親知道雨柔父親是外省人，堅決反對，用同姓不婚、門戶不登對各種理由阻撓，最主要的因素就是對方父親是外省人。林父也放話，若再跟雨柔交往娶這個外省豬，就打斷他的腿，不認這個兒子。那天林父知道明義又跑去找雨柔，大發雷霆，找了十幾個人拿棍棒去十分瀑布想嚇嚇這對男女。眾人邊找邊喊，明義跟雨柔遠遠看到，嚇了一大跳，起身往瀑布方向逃。就在要潦過瀑布上方的溪流時，雨柔不小心沒站穩，被水沖了過去，明義趕緊伸手要拉住雨柔，結果兩人在湍急溪水中踩空了，捲進一個深潭的漩渦中，最後被推下了十分瀑布下方的深淵中。眾人在岸邊看到了震驚不已，趕緊趕下去瀑布下方救人，可惜只能找到兩具冰冷的遺體，而明義的父親也在岸邊痛哭失聲，為他的不智之舉付出慘痛代價。」

我看見怡君和秀芬眼眶已濕潤，我則為我神級的瞎掰功夫，心裡洋洋得意。

紅雞：「後來找到遺體的同時，就在岸邊不遠處，佇立兩隻白色山羊，目不轉睛的注視眾人，所以村民堅決相信，這兩隻白色的山羊，是明義和雨柔的化身。之後也有很多人見到這兩隻白色山羊，悠遊在十分瀑布的山林間，希望我們今天可以看見這兩隻白色山羊，一同見證這段淒美的愛情故事。」

紅雞不愧是我默契超好專割稻仔尾的兄弟。

怡君：「如果時間可以倒轉，我相信明義父親一定會放下政治仇恨，好好祝福這對新人。」

秀芬：「我好想碰到這兩隻白色山羊，然後抱抱牠們。」邊說邊拿著衛生紙擦拭紅潤的眼眶。

紅雞在我耳邊呢喃：「秀芬想要抱抱羊，我是好想抱抱秀芬。」

我對著紅雞小聲說：「我發現你全身的血液在快速流轉，各器官都在充血中，似乎有著傳宗接代的衝動，要把持住，不要當車丟臉。」

紅雞：「你不要亂胡扯，我這是純純的愛。」

我：「媽的，連手都還沒碰到就想抱人家，這是資優生耶，不是在酒店打工的小姐。」

怡君：「你們兩個人嘰嘰喳喳在討論甚麼？」

我：「我們在討論如何向妳們表達歉意，讓妳們出來遊玩還要傷心難過，真抱歉。」

怡君：「不用道歉啊，反而要向你們道謝，告訴我們這一段感人肺腑的故事。」

我覺得如果再演下去，應該不久就會穿幫了，要趕緊岔開話題。

我：「你們看一下窗外的龜山島，據說它原是千年神龜的化身，非常有靈性，盤踞在宜蘭縣東側海面上，時時刻刻守護著蘭陽平原。」

我正努力回想小時候我爺爺告訴過我的故事，反正想不出來時再掰一下。

我：「從宜蘭縣石城到蘇澳各處沿岸所看到的龜山島樣貌是相當不同的，地點不同樣貌也不同，有時可以看到龜首，有時龜首則為龜身所隱，龜首的外型也多變，有橢圓、尖圓或三角形，就像是神仙一樣，可以變換很多形貌。因為蘭陽平原海岸線呈現圓弧形，視線可環繞此島，因而出現如『龜山轉頭』等這樣的現象，也可用特定圖像辨別方位，知道自己位置，所以又稱『靈龜指路』，就像神仙會為迷途的人指出一條康莊大道一樣。」

我就知道這些了，希望她們不要提問了，問下去我可能就倒了。

紅雞：「蒲阿，聽說龜山島是座活火山，是真的嗎？」

靠，自己兄弟居然會射一支暗箭過來，我哪知道這麼多，是要我閉嘴嗎？還是做球給我呢？我的弱點就是死鴨子嘴硬，絕不能啞口無言。

我：「是的，龜山島是座活火山，這地底活火山的能量就像這神龜的仙氣一樣，更增添神龜栩栩如生的色彩。」

我偷偷的用手指頭搓了一下紅雞的屁股，示意他不要再問了。

怡君：「蒲阿，我覺得你還蠻博學多聞的。」

這句話若是秀芬說的，我會很興奮，我現在內心很掙扎，想要不管殺手原先分配的對象，追求自己喜歡的女生。內心糾結了二秒鐘，紅雞是我最要好兄弟，不能為此破壞好兄弟的情感，我以後一定會找到跟秀芬一樣漂亮的對象。

我：「謝謝怡君，我是聽長輩說的，只要不考試的，我都知道很多。」

秀芬：「千年的神龜為何會化成一座島嶼？」

考驗來了，我的腦子正快速轉動，希望編出一個合理的故事

我：「這也是一段傳說，千年神龜原先是天庭派下來的仙佛，優游海中，守護出海的漁民。有次天庭給他解救一位員外的任務，員外是個大善人，樂善佈施，積了很多德善，這次員外有生命危險且家破人亡的危機，仙佛便化為人形到人間解救員外。在執行任務的過程中，與員外的小女兒產生了情愫，互相愛著對方。危機化解後，員外想把小女兒許配給仙佛，無奈神

仙與人根本不能結婚成眷屬，這是違反天條的，仙佛至天庭爭取抗議，因為一時衝動失去理智，打傷了級位高的神佛，天庭就把他先化成龜山島，反省思過，待他認錯後再返化仙佛回天庭。而女方苦苦等不到仙佛的提親，一年後便出家為尼，終生不嫁，廝守這段至死不渝的愛情。」

只見她們兩位女生，原先紅潤的眼眶，又累積更多的淚水。喜歡看海的女生容易感動這理論果然完全正確，反正只要故事內容有牽扯到男女情愛，百分之九十九的女生都有興趣喜歡聽，而且故事結局是那種殘缺的愛，最能讓女生感動了。有時我還真的蠻佩服自己，可以正經八百面容嚴肅在瞎扯，而臉不紅氣不喘。

紅雞在我耳邊呢喃：「你何苦去考大學，直接進演藝圈當編劇可能會比較有前途。」

我：「恁婆啊，是你要我過來跟她們講些五四三的，我蒲阿專門在達標，不會讓你失望。」

當火車停靠大里站後，我趕緊跑下車站在月台邊，朝著天公廟膜拜，我媽說我的八字命格不是很漂亮，除了要多做善事積德外，另外求神明菩薩多多保佑，讓往後人生可以順心如意。大里天公廟是宜蘭縣香火鼎盛相當靈驗的廟宇之一，我媽也常來朝拜，她常告誡我，世間真的有菩薩神明存在，不要幹壞勾當，人在做天在看，心有善念種福田就有福報，而且要常常拜佛，這樣菩薩神明比較會認識我，當跟我比較熟以後，除了消災解厄還會增加很多好運勢，所以從小我就養成逢廟必跪逢神必拜的習慣。我也求菩薩今天可以給我好運氣，希望漂亮的女同學可以自動喜歡我，阿彌陀佛，虔誠的祈禱完後趕緊上車。

紅雞：「蒲阿，你跑下車去幹嘛？」

我：「車廂內鬱悶的，我下車去透氣一下。」

紅雞：「你不會是看到天公廟後跑下去作法吧。」

紅雞果然是我肚裡的蛔蟲兄弟，我心裡在想什麼，他早就料在手掌心了。

我：「靠，你不要亂講，我又不是乩童，離作法還遠的很。」

紅雞：「你若沒考上大學也沒進演藝圈，當神棍應該很適合你，依你的口才，要騙財騙色真的是易如反掌。」

我：「真希望你也沒考上大學，我當乩童你當桌頭，一片光明的前程就待我們一起去開創。」不拖你下水，我蒲阿豈不白混了。

火車從石城站出發後沒多久進了隧道，眼睛從明亮的環境進入黑漆漆的場域，猶如一襲黑紗飄過來遮住雙眼，車廂內立刻昏暗起來，再加上隧道內陰涼的空氣，這氛圍像是要夜遊墓仔埔。

紅雞：「蒲阿，這條隧道很長，火車好像要走十分鐘，趁這個機會，去講個嚇人的鬼故事，搞不好下車後，女生就會抱著你走。」

我：「不要再凌遲人家了啦，剛才都已滴下純情的淚水，現在又要她們滴下驚恐的淚水，起伏太大，我怕她們回家後要去廟裡收驚，算了啦。」

紅雞不聽我勸，湊過去那兩個女生的旁邊，準備又要彈北宜公路沿路撒冥紙的老調，這些我都聽紅雞講了千百次，聽到後來都不怕，反而想笑了。

只見秀芬水汪汪的明眸望著紅雞，這種受過傷期待被安撫的眼神，真讓人想輕吻她的髮梢，然後將她擁入懷中。

秀芬：「林同學，怎麼了？」

紅雞：「是想問妳們，有沒有帶午餐，我和蒲阿有帶很多，可以分給妳們。」

好一個見風就轉舵的高手，原本要吐出來的話硬是吞了下去。

秀芬：「我們自己有帶了，謝謝你。」

紅雞落寞地回到我這邊。

紅雞：「我跟你一樣，雖然嘴巴壞一點，但心中總是多了一分慈善，永遠不會去做落井下石傷天理的事。」

我：「我跟你不一樣喔，我嘴巴好心地又善良，值得託付終生。」

紅雞：「這句話從你嘴巴說出，真的諷刺到極點。」

我：「彼此彼此，兄弟一場，我也知道佔你一點小便宜你不會跟我計較。」

後面嘰嘰喳喳的說話聲已有一陣子了，原來是殺手和肖仔聯手耍白癡，逗得張惠華及林美玲兩人樂哈哈，成功的讓他們把書本收進書包裡，功力決不在我和紅雞之下，看來殺手和肖仔今天會豐收。

火車行到三貂嶺站，我們陸陸續續下了車，開往十分站的小火車尚未進站，我們到另一邊的月台等候。至此，我真的不得不佩服殺手的泡妞功力，他已經把惠華網羅到他的控制範圍內，單獨和她聊天。而肖仔功力就差了一點，那個美玲同學跑來跟我們併堆，現在要各個擊破就會更加棘手了。

紅雞趁著空檔把我和肖仔拉到一旁。

紅雞：「等一下上小火車後，肖仔你想辦法把那個美玲逼到你的勢力範圍，我會把秀芬帶開，蒲阿你就顧好你的怡君，不要在一起瞎攪和，很難辦事」

肖仔：「好吧，我會想辦法。」

我：「紅雞，我沒甚麼動力耶。」

紅雞：「蒲阿，我們之中你年紀最小，就算是成全你的哥兒們，事成之後我們會重重的賞你。」

我：「好吧，看來是發揮兄弟情誼的時候了。」

數分鐘後，一輛外型酷似自強號的小火車緩緩駛進月台，雖有自強號的外殼，卻有蒸汽火車的噪音，那種轟轟低震的音頻從耳膜殺進腦腔，千萬細胞瞬間猝死，加上濃濃的柴油味，未死的細胞也無法發揮正常功能，還沒上車就快暈車了。

上了小火車，車上已有不少人，我想應該都是從發車站猴硐搭過來的，這樣才有位置坐。我努力的試圖完成紅雞的任務，帶開怡君，跟她聊聊高中生活。

我：「聽說你們學校的學生都很用功。」

怡君：「還好啦，就盡學生的本分，她們三個都很用功，我是跟著她們一起讀書的。」

我：「女生百分之九十都選社會組唸，你怎麼會選擇自然組呢？」

怡君：「我對理科比較有興趣，物理、化學都非常喜歡。」

我心裡暗想，居然有女生用「喜歡」兩個字連結枯燥乏味的化學物理學科，難道她沒有歡樂的童年？或許小時候受到甚麼打擊刺激？

我：「這兩科我也蠻喜歡的。」

講完這句話，我的耳根有點發熱，也許這是唬爛過頭的反應。

怡君：「你怎麼選擇自然組？」

我：「我的英文不太好，唸文組若英文不好，大學聯考只有陪榜的份。而且自然組的錄取率較高一些，可能會好考一點。」

怡君：「你不是為興趣而選擇自然組？」

再這樣講下去，我的底細可要全部翻出來，我得扭轉情勢。

我：「我覺得妳因為興趣而選擇自然組是一件非常棒的事，也許若干年後，妳會成為居禮夫人第二，為自己也為國家爭光。」

怡君：「你好厲害，怎麼知道居禮夫人是我的偶像。」

天公伯仔，拜託一下，這種好運可否留到我碰到心儀的女生後再給我。

怡君：「我跟你說喔，居禮夫人是獲得諾貝爾物理學獎及化學獎兩獎項的第一人，她先和丈夫皮耶先獲得諾貝爾物理獎，之後她又研究開創了放射性理論，也發明分離放射性同位素的技術，又發現兩種化學新元素釙和鐳，因此又獲得諾貝爾化學獎。……」

聽她眉飛色舞地闡述，原來主控權還是在她那邊，我只有張口點頭的份。早知道就跟她聊聊楚留香蘇蓉蓉還比較得心應手。

怡君：「只可惜因為生平接觸太多放射性化學元素，晚年健康欠佳，還有一些研究尚未完成就撒手人寰了。」

這種用功讀書品學兼優的學生通常課外知識也涉獵很多，而且說話有條不紊頭腦清晰，就像老師在教導學生一樣，在學校一定是循規蹈矩按部就班在修練，若她當我女朋友，就得在她規定的框架下正經八百的生活，搞不好牽個手都有標準程序，若真結婚，可能會比坐牢更辛苦，想到此不禁打了個寒顫，絕不能讓她誤會我要追她。

我：「那真可惜，她對人類的貢獻度很大。妳若走學術研究這條路，以後可能也會有很大的成就喔。」

怡君：「走學術研究是條孤獨的路，要有偉大的犧牲奉獻情操，我可能沒那麼偉大，目前只想好好讀書，考上理想的大學。」

我：「妳長得這麼漂亮，功課好人緣佳，應該有很多男生在追妳吧。」

怡君：「蒲阿，你不要消遣我啦。我們蘭女校風非常封閉，全校都是女生，平常根本沒甚麼機會接觸異性，哪有人在追我。況且目前我以讀書為重，考大學為最重要的目標，不會談甚麼兒女私情。」

聽到怡君這句話，我整個人都輕鬆起來，不要誤會我有企圖就靠過來。不過剛認識沒多久，她開始叫我的暱稱蒲阿，顯示出她的親和力十足，難怪人緣好，才能當班長，我沒有要追她這事，我也應該要表態一下才是。

我：「我跟妳一樣的想法，目前仍以讀書為重，考大學為最重要的奮鬥目標。」

我覺得很奇怪了，為何在女生面前唬爛，耳根就會開始發熱呢？跟紅雞他們三個講些背離事實的「肖話」，臉上都浮不出任何熱度，心跳也維持在七十二下，沒有絲毫的愧疚感。看來，只要是異性，不管長得好不好看，聞到她們的味道後，雄性激素都會不自主的分泌。

怡君：「是啊，今天旅遊先放鬆解壓一下，明天起要繃緊神經唸書了。」

我：「對，一起加油。」

在這小火車上，我用餘光瞄了一下我的兄弟們，各個精神亢奮的展現求偶本能，加油吧，兄弟們。

03

各顯神通

到了十分站，我們魚貫下了車，殺手依舊強力保護他捕獲的獵物，深怕獵物被我們分享，紅雞則是死纏著秀芬走在一起，肖仔和美玲有說有笑跟在紅雞後頭，而我最無奈了，為了顧著兄弟情和怡君湊在一堆。我們沿著十分站的鐵路往回走，對他們來說，鐵軌、道渣及枕木似乎舖陳出一條愛情路，青春期的年少男女總是好奇在探索異性的內心深處。忽然間，殺手的收音機傳來蔡幸娟「夏之旅」的歌聲，「走在鐵路旁我揹著吉他，老牛對我望呀和風來作伴，一步一步走呀一聲一聲唱，……」，配合著目前情景，歌詞旋律真的令人情緒悸動，殺手最初埋下的伏筆上場了，而且時機顯然經過縝密策畫，難怪不辭辛勞帶著收音機。之後一首又一首熟悉的民歌，讓我們不自主的跟著哼唱，除了可以帶動我們年輕飛揚的心，也是為了要掩飾當我們詞窮時的尷尬，一路歡樂的氣息伴我們走到十分瀑布。

殺手開始展現他雄厚的財力，掏出了二張百元鈔，一口氣買了八張門票，笑笑的對大家說「這小錢啦，我出就好了」，就像平常跟我們幾個兄弟在一起一樣，出手闊綽大方。

怡君：「不好啦，我們還是各自出吧。」

我：「沒關係啦，他們家的金飾店在宜蘭赫赫有名，家裡甚麼都沒有，就是有錢，聽說他家的金項鍊串起來可以繞台灣一周，就讓他請一下吧。」

惠華：「對呀，跟才聽殺手介紹他家的店，我先前也聽我姨媽說過這家店，生意非常好，家族還是地方的仕紳。」

靠，這招厲害，已把顯赫富有的家世植入惠華心中，咬著金湯匙出生的小孩就是會贏在起跑點，都怪我上輩子沒燒好香做好事，所以無法投胎到員外家。

殺手：「蒲阿，好了啦，不要吹牛了，我們趕緊進去吧。」

我們走到十分瀑布下方深潭旁的一塊較為平坦的空地，在此仰望著全台灣最大的幕簾式瀑布，感受它磅礡的氣勢，傾瀉而下的水流，在岩塊間奔騰，一波一波水浪呼嘯而下，並激起薄紗般的水霧，猶如新娘披上雪白的婚紗，婀娜多姿的在微風中翩翩起舞，我們正沉浸在一個如詩如畫的仙境裡。如果在這裡向心儀的對象求婚，應該三秒鐘內會搞定。

「蒲阿」怡君在旁輕聲喚了我一下。突如其來叫我綽號，讓專注思春的我嚇了一跳，不會吧，是要向我示好嗎，我是不會答應的。

怡君：「你估的出來瀑布頂水滴落入深潭的末速度嗎？」

這女的是讀書讀到腦筋短路嗎？這麼漂亮的風景，一定要拿書本把它遮住嗎？這水滴的末速度是會砸死人嗎？算這水滴末速度有啥鳥用。

我：「嗯，這個……。」

怡君：「這問題是物理學位能轉換動能最好的例證。」

怡君：「我們如果設定瀑布底深潭位置是位能零線，那瀑布頂的水滴位能就等於mgh，向下速度是0所以沒有動能，當水滴自由落下至瀑布底，沒有位能，只有動能$1/2\times mv^2$，依據能量不滅定律，位能等於動能，忽略空氣阻力時，$mgh=1/2\times mv^2$，所以$v=\sqrt{(2gh)}$。這瀑布高度我估計約20米，所以末速度等於$\sqrt{(2\times10\times20)}$，約20米/秒，時速約72公里，這樣你了解嗎？」

我：「經你講解，我似乎茅塞頓開，好像不會很困難。」

我的腦筋還在拼湊零零落落的公式，只好先應付式的回答。望向瀑布，繽紛雪白的白紗，已經銾上扭曲變形的動位能英文公式，歪歪斜斜的飄落，殺風景到極點不知情趣，還好怡君不是我女朋友，可喜可賀。

我們沿著瀑底溪流岸邊遊走，高低起伏的岩塊像是殺手預佈的陷阱，當高低差較大或較難走時，殺手就伸手牽惠華的手，讓她順利上下行走，媽的，靠這種不要臉的招式，居然不費吹灰之力就站上一壘了，而其他三個女生就比較矜持，都靠自己的力量，獨自漫走，看紅雞想去牽秀芬的手時，秀芬就示意「我自己可以完成，不用協助」，看在我眼裡，倒有點幸災樂禍的感覺，我想紅雞稚弱的心靈多少受點傷吧，我趕快湊過去安慰他。

我：「紅雞，慢慢來，女生越是矜持，追到後就越有成就感」

紅雞：「好想摸秀芬的手，一定非常白軟柔嫩。咦，奇怪了，你怎麼不去幫一下怡君，我看她好像很需要你耶。」

我：「這種好康的，我無福消受，況且看她的體能，應該是女生裡最好的，哪需要我協助。」

紅雞：「我看你是嫌人家長得不好看，不去碰她，你也看一下自己的長相，我覺得你們兩人還蠻匹配的，趕快過去追逐夢想吧。」

我：「我怕我這長繭的手像砂紙般，會割傷她的手，算了吧。」

紅雞：「蒲阿，幫我想個辦法，讓我牽到秀芬的手，我有重賞。」

我：「可以啊，辦法很多啊，先問你，重賞是甚麼？」

紅雞：「重賞是就算我犧牲性命，也要幫你找到真命天女。」

我：「好啊，你若跟秀芬無緣，我一定會好好照顧她一輩子。」

我：「等一下我去秀芬左側，假裝不小心跌倒，然後推她一把，你就在右側扶她，除了牽手外，甚至可以將她摟入懷中。怎樣，辦法不錯吧。」

紅雞：「靠，這麼下三濫的賤招，只有你蒲阿想得出來。好，就這麼辦吧。」

當我和紅雞急著趕去秀芬旁邊時，在離她數步之遠，突然間我一個重心不穩，不用假裝的就滑了一跤，屁股重重的往石塊上飛奔而去，這兩片屁股就像要分家般各自獨立，還好屁股肉多又剛好坐在較平坦的石塊上，還可接受的痛楚，縈繞著中樞神經打轉，人在做天在看，現世報怎麼毫無時差的降臨在我身上。

我：「紅雞，天公伯仔在懲罰我了，我無法用作奸犯科的方式幫你，自求多福吧。」

紅雞：「兄弟，難為你了，挺我挺到被天譴，將來有機會，一定重賞你。」

我：「我會好好地等你重賞。」

我們八個人走到一處溪流旁空曠的平台，這裡可以遙望十分瀑布，又可以聽到瀑布嘩嘩啦啦的落水聲，況且沒甚麼人，絕對是聯誼的好所在。我們圍了一個圈，各自拿出攜帶的午餐便糧，就這麼吃起來。殺手依舊扭開收音機播放著我們熟悉的校園民歌，讓我們陶醉在美麗的音樂氛圍裡，享受食物的美味。惠華和美玲只吃了顆水煮白蛋，怡君只啃了半條玉米，而秀芬甚麼也沒吃。

紅雞：「咦，你們女生怎麼都吃得這麼少，真的是小鳥胃。秀芬你怎麼都沒吃？我這條巧克力請你吃」

說著說著就拿著巧克力往秀芬走去，硬塞到她手裡。巧克力通常是男女朋友交往過程中，互表愛意的信物，沒想到紅雞城府這麼深，偷偷帶了巧克力來表達情意。

秀芬：「我有帶點水果而且早上出門前有吃一些，現在不會餓。」

紅雞：「妳就拿去吧，若肚子餓時隨時可以拿出來吃。」

殺手：「妳就帶著吧，不要辜負紅雞的一片心意。」

看來殺手要幫紅雞一把了。

秀芬：「好吧，謝謝基鴻同學。」

看在我眼裡有點忌妒又羨慕。

我：「紅雞，我也想吃巧克力。」

紅雞：「這兒還有一條，請你。」

紅雞對兄弟落落大方，這招確實可以讓女生留下好印象，花小錢達到置入性的行銷，不愧國小是領縣長獎好頭腦的資優生，讓秀芬往他規劃的藍圖走去。

紅雞：「妳們對未來有甚麼規劃嗎？」紅雞開口問了這些蘭女的資優生。

怡君：「我們現在正要升上高三，用功讀書應該是目前最要緊的使命，希望明年大學聯考可以考上台清交成。」

我心裡暗忖，這四所是第二類組的頂尖學府，考上了等於捧了個金飯碗，成績要在全國前5%才會上，離我太遙遠的夢想，聽起來還蠻虛無飄渺。

惠華：「我也是想要考上台清交成。」

美玲：「我也是想要考上台清交成。」

秀芬：「我也是想要考上台清交成。」

我：「哈哈，你們先自行相殺吧，還好我們四個都不是妳們的威脅。」

怡君：「我們四個好同學都是互相砥礪扶持，要聯袂考上台清交成，這四所大學又不是只錄取一個人，不會有相殺藏私的問題喔。」

紅雞：「妳們有這麼好的目標真不錯，人生就是要有努力方向，只要奮鬥過了，即使沒有達到目標，生命也會因而璀璨。我也要立下考上台清交成的志願。」

我聽到後，嘴裡的麵包差點像十分瀑布那樣狂噴，媽的，我們的程度離「考上大學」還有一大段距離，紅雞居然立下考上台清交成的志願，為了討好心儀對象，把話唬爛的技術發揮到淋漓盡致。說也奇怪，我看愛情文藝片裡的女主角在說未來人生規劃時都會回答「希望跟白馬王子過著童話般的生活」啦，或以現實面來說，就找個有錢的金龜婿嫁掉，榮華富貴享一生。這四個女生或許是文曲星下凡的分身，生活中只有讀書這件事，真的當女朋友，可能也會很無趣。

肖仔：「我要出國拿博士學位回台灣光宗耀祖。」

這句話從肖仔正經八百的臉上說出，讓我暗笑到心臟要抽筋。一個吊兒郎當玩世不恭，每學科都在及格邊緣游移，稍微不慎就留級的學生，居然志向是出國拿博士學位，這話唬爛的技術跟紅雞一樣已到了爐火純青的地步。我就聯想到我家隔壁街的那個乞丐阿叔，話唬爛的技術也是一流，他說因為頭獎的愛國獎卷弄丟了，後來無心工作，所以就乞討一輩子。

美玲：「讚喔。」

肖仔的對象已經在幫他贊聲了，他哄女生果然也有一套。

殺手：「我要考上建築系，將來當建築師，將家族企業發揚光大。」難得看他這麼正經八百地高談志向，這種出神入化的演技，值得仿效。

我：「殺手，你真是個孝順的青年，做任何事情總是想到父母及家庭，我想你父母將來一定以你為榮。」

我看殺手望著我微笑，暗示著「兄弟，多謝了。」我心裡想，殺手若真考上建築師，依他目前處事散漫的態度，設計出來的房子能住嗎？會不會遇到地震就倒了啊？

不過我也不得不佩服他居然有勇氣說出這樣的願望，為了不讓惠華看扁，硬是擠出這樣的未來藍圖。

大家都陶醉在自己說出的志向中，現場沉默了一陣子。

怡君：「蒲阿，那你呢？我們都有講，你怎麼不說呢？」

我要說甚麼呢？從小到大都沒想過自己將來要做什麼事，每天漫無目的、遊手好閒的活著，混一天是一天，這問題比月考的題目還難回答。忽然間，老媽的影像閃過腦際「每天要多做善事廣植福田，將來取個好老婆來延續林家香火」，好吧，要玩就玩大一點。

我：「我將來要當造橋舖路的工程師，為人民百姓謀求最大的福祉，為國家社稷貢獻心力。就像十大建設那些無名英雄，燃燒生命，照亮台灣榮景。」

也許這對一般高中生來說只是一個稀鬆平常的志向，但對我蒲阿來說，已經是一個比登月球還困難的夢想，跟肖仔要拿博士學位一樣浮誇。

怡君：「咦！這好像是土木系畢業的學生從事的工作喔，你的志向也很崇高，希望你成功，加油。」

肖仔：「蒲阿個性又土又木，唸土木系最適合不過了。」

靠，肖仔專門在吐槽我，我的個性若是又土又木，那你們三個豈不就是植物豬。

我：「肖仔，金賽博士的理論就靠你學成歸國後把它實踐並發揚光大了。」

除非我嘴殘，不然我絕不會閉口無言。

殺手、肖仔脫掉鞋子撩起褲管，坐在溪邊石頭上，雙腳泡在清涼的水中，在這炎炎夏日，最是消暑了。

殺手：「嘿，你們幾個一起過來吧，來享受溪泉的涼爽舒暢。」

幾個女生被殺手一吆喝，紛紛響應過去泡腳，我也趕緊脫鞋走去。走到肖仔旁邊，故意用腳踹起水花，噴上肖仔的身體，讓他褲子及衣服都濕了一大截。

肖仔：「靠，蒲阿你故意的。」

肖仔捧了一手心的水往我潑來，我很技巧性地閃避大部份，結果其餘的水潑到美玲。引起她們女生群起激憤。

怡君：「肖仔，趕快向美玲道歉。」

美玲：「沒關係啦，只有濕一點點還好啦。」

於是我再捧了一手心的水，準備往美玲身上潑去。

我：「那就多濕一點囉。」

肖仔立刻擋在美玲前面，我等到肖仔定位，狠勁的往肖仔身上潑水，就這樣一齣英雄救美的荒誕劇完美收尾，肖仔跟美玲都應該要感謝我的用心良苦吧。

怡君：「蒲阿，你好壞喔。」

為了兄弟，這麼小的批評不算甚麼。

奇怪了，紅雞怎麼坐在原地動都不動。

我：「紅雞，趕快過來呀。」

只見他對我傻笑，於是我走了過去。

我：「幹嘛，不開心嗎？這麼不合群。」

紅雞：「蒲阿，我跟你說一個祕密，請你不要告訴別人。算命的跟我媽說，我近二年會遇到水劫，叫我要遠離水源，儘量不要碰水。」

我：「你媽喜歡算命，我媽也喜歡算命，宜蘭的媽媽都喜歡算命啊。」

紅雞：「寧可信其有，不可信其無，還是小心為上。」

我：「算命的唬爛嘴你也要相信啊。」

紅雞：「你逢廟必跪逢神必拜不是比我更信嗎？」

我：「溪邊水淺泡個腳，不會有事的。難道你在家都不洗澡、不喝水，洗澡會淹死人，喝水會嗆死人耶。算命說的話，聽聽就好了。」

紅雞：「萬一不聽話而遭遇不測，我會對不起我媽媽。」

我：「媽的，你真有三長二短，你的遺願我全包了，幫你實現。」

我：「走啦。」

我硬拉著紅雞的手往溪邊走去，到岸邊後我捧起溪水往他身上潑去，衣服濕了大半。

我在紅雞耳邊輕聲道：「哈哈，沒事，鞋子快脫了吧。」

熬不過我的糾纏，紅雞也和大夥兒在一起踢踢水談笑風生，尤其對秀芬那種呵護的肢體動作，連幼稚園學生都看出來他的企圖。而殺手不遑多讓，惠華總是在他的勢力範圍內移動。肖仔則為了達成比賽奪冠目標，也正費盡心力在討好美玲。唯獨我跟怡君似乎被排除在這幅青春圖案外，吉時起床並沒有發揮效力，老天爺並沒有特別眷顧我，沒給我機會對心儀的對象展開追求，沒關係，人生的路途漫長，以後一定有機會讓我在愛情方面發揮長才。今天這趟「十分寮旅遊」，對我來說應該改為「十分『無』寮旅遊」。

04 圖書館出擊

「蒲阿蒲阿，起來了啦，暑輔課第一天早上就趴在桌上睡，最近在幹甚麼壞事情，怎麼這樣累？我跟你說喔，我請我妹去約秀芬跟怡君出來，她們答應了，但是要去圖書館唸書，你跟我一起去吧。」紅雞興奮的邀我參加讀書約會。

我：「沙小啦，你真的採用殺手教的二分進攻法，這種無聊事不要找我，況且你不怕秀芬被我搶走。」

紅雞：「兄弟這麼久，你屁股幾根毛我不知道嗎？你不是這種人。」

紅雞用兄弟情來壓我的熱情，實在佩服他的深謀計策，而且太了解我的個性。

我：「我在圖書館睡覺打呼會被笑耶，而且有可能被趕出去。」

紅雞：「你就隨便找本書來看，重點是第一次約會你先犧牲作陪一下。」

我：「那我帶本黃色小說去看好了，免得無聊。」

紅雞：「你別鬧了，我有一本卡內基寫的《人性的弱點》借你看，包你以後人際關係無往不利，追女朋友手到擒來。」

我：「你也知道我讀書懶，從小到大沒有一本書我從頭到尾看完，不如帶老夫子漫畫實際點。」

紅雞：「對方是蘭女的資優生，非常用功，你起碼也做做樣子，讀點有意義的書。」

我：「好啦好啦，我自己想辦法。不過我倒是請教你一下，我這麼犧牲作陪，我有甚麼好處？」

紅雞：「最大的好處還是老話一句，就算我犧牲性命，也要幫你找到真命天女。」

我：「陳情表作者李密的字號是甚麼？」

紅雞：「令伯。」

我：「對，恁婆勒，憑我蒲阿英俊瀟灑風流倜儻的外型條件，哪需要你幫忙。」

紅雞：「星期天早上七點在復興國中旁的文化中心圖書館，不要睡過頭喔。」

我：「這麼早啊。」

紅雞：「沒辦法，暑假的星期天，大家都想早點來佔位子，吹免費的冷氣。你家最近，記得早一點去幫大家排隊。」

我心裡暗想：「靠，我又要浪費一天的生命了。」

「蒲阿，起床啊，要遲到了。」老媽又再高聲吆喝著，深怕我睡過頭。

「啊是幾點？」我依舊睡眼惺忪。

「五點半了，趕快起床，你不是要去跟蘭女的同學約會，不能遲到，今天的吉時是卯時，趕緊起床，免得錯過吉時。」迷信的老媽對於時辰總是擇善固執。

「不是去約會啦，我陪紅雞跟他要追的女同學去文化中心讀書，今日跟我沒關係。文化中心在我們家隔壁，用爬的也不會超過五分鐘，你嘛拜託一下，讓我多睡一會兒。」我沒好氣的回答。

老媽：「說不定眾神給你保庇，他要追的女生比較喜歡你喔，到時跟這個女同學結婚的是你。反正你現在吉時起床，眾神明一定保庇你一身清吉。」

我：「如果今天吉時是子時，那我整晚都不用睡了喔。你是想孫想到起肖喔，我現在才幾歲，你已經想到結婚去了。」

老媽：「你不要再囉嗦了，趕快去刷牙啦。」

靠，難得可睡懶覺放空的假日，居然被無情的剝奪。

宜蘭是讀書聖地嗎？怎麼一大早就那麼多人來排隊等著進圖書館，對我這種不喜歡唸書的人來說，寧願排隊買電影票比較實際一點。算了，跟著排吧。

「蒲阿，早安。」有片似乎熟悉的聲音在不遠處喚我。

沿著這片似乎熟悉的聲音望去，靠，怡君的眼神銳利的射過來，射落了我心中原本朝氣蓬勃的太陽，內心又開始黑影幢幢，真的跟令狐沖一早碰到恆山派儀琳一樣的感受，準備要衰一整天了。

「早啊，怡君。」我勉強的擠出一點笑容回應著。

怡君：「蒲阿，你昨天好像沒睡好喔，沒甚麼精神耶。」

我：「我家離圖書館較近，早點起床來排隊，免得等一下大家都沒位子坐，可能起的早，所以精神差一些。妳來剛好，換妳排一下，我去買個早餐，免得等一下在圖書館內餓到睡著。」

怡君：「我剛好有買二個包子，一個請你吃，我們一起排吧。」

我：「謝啦。」

原本想藉由飯遁逃離，無奈，雙腳只好繼續黏在地上。

接過她的包子，細細品嚐，香氣縈繞腦際，是我最喜歡的神農包子店的肉包，好吃的程度堪比五星級飯店，曾經在肚子餓的時候，一次吃了五個，真的是仙境美味。

怡君：「你家在附近，那你是復興國中畢業的囉。」

我：「是啊。」

怡君：「我也是復興國中畢業的喔，這樣我們應該算是同校同學。」

我：「是啊，很可惜沒跟妳同班同學。」

怡君：「同校同學已經算是很有緣了，復興國中是男女分班，不可能是同班同學。我好像沒聽過你的名字。」

我：「宜蘭縣最大的復興國中全校有三千多位學生，況且我生活一向低調內斂，不想出名，妳怎麼會聽過我的名字。」

怡君：「我都有注意學校成績好的同學，尤其成績好又會運動的男生，在我們女生班裡都會流傳他們的名字，是我們的偶像。」

我：「喔，我知道你講的那幾個優異的學生，後來都去台北唸建中了。我資質沒有很好，又不喜歡唸書，能考上宜中算是佛祖賜我的恩典了。」

怡君：「讀書應該跟資質沒有很大的關係，只要肯努力用功，我相信你以後會有非凡的成就，我們一起努力吧。」

我：「感謝你這麼看得起我，或許哪天我受了很大的刺激，說不定會開始奮發向上。」

怡君：「既然肯來圖書館唸書，就代表仍舊有求知的慾望，不要妄自菲薄，你一定有成功的一天。」

我心裡在想，要告訴她實情嗎？我只是來幫兄弟一點忙，壓根兒沒想到要唸書這檔事。想著想著紅雞出現了。

紅雞：「蒲阿、怡君早啊，謝謝你們這麼早就來排隊。」

我：「沒關係，我家最近，能幫兄弟忙我一定幫，而且希望能成功。」

怡君：「甚麼事成功？」

紅雞：「就是佔到位置，用功讀書，明天小考一定成功。」

怡君：「你們暑輔課不是才剛開始嗎？就要小考了。」

紅雞：「我們那個變態打人不手軟的班導，說要給我們一個測試，把下週要教的排列組合，叫我們自己先看，明天要考試，要測試自己唸的成效如何。」

我：「靠，有這回事。」

紅雞：「蒲阿，你是在睡覺喔，怎麼沒聽到。」

我：「慘了，我當時可能白日夢還沒醒，沒聽到。沒有教就考試，然後考零分還要打人，簡直是納粹型的恐怖教學。」

怡君：「你們老師會打人喔？」

我：「除了打人，還會酸人，酸到你無地自容。」

怡君：「好可怕喔，還好我們蘭女的老師都很溫和，都以規勸的說教方式來激勵我們。」

聊著聊著秀芬從轉角處走了過來，她今天穿了一襲粉紅色洋裝，修長的身材配上那婀娜多姿的步伐，那一抹淺淺的微笑掛在那白裡透紅的清純美麗臉龐，只要是男的，一定會多看幾眼，今天怎麼感覺她特別的漂亮，幾乎已經躍昇為第一級美女了。

秀芬：「大家早。」

紅雞：「秀芬早啊，歡迎加入我們的讀書會。」

媽的，找漂亮的女生來圖書館，是要來唸書還是要來聊天，我倒要看看紅雞是要用甚麼方式來打動眼前這位美麗的女同學。論成績，秀芬遠遠在紅雞之上，論長相，紅雞絕對配不上秀芬，論品格言行，紅雞可能要下輩子才有機會矯正回歸與秀芬登對，兄弟，我也沒辦法幫你太多了，一切要看你的造化了。

我們在角落剛好有四個位置的桌邊就定位，紅雞故意坐在秀芬旁，幫她拉椅子還幫大家擦了一下桌子，努力獻著殷勤。

紅雞：「秀芬妳排列組合應該不錯吧，待會兒我若不會，妳再教我一下。」

秀芬：「我前陣子剛好有自己唸一下，不會難啊，有問題可以跟我討論一下。」

怡君：「蒲阿，我排列組合也看過了喔，確實不會很難，有問題也可以跟我討論。」

媽的，我壓根兒不知道班導要考數學排列組合，書包裡就幾本漫畫書及一本我的宿敵，應付場面用的英文單字本。

我：「我剛好沒帶三上的數學參考書，我回家拿一下好了。」

怡君：「蒲阿，不用啦，我有帶一本三上的徐氏數學參考書，你先拿去，免得跑來跑去浪費時間。」

我坐在這裡何止浪費時間，簡直就是在揮霍自己的生命。好吧，既然來圖書館了，就勉為其難的唸一下數學好了。

我：「怡君，謝謝你喔，妳人真好，總是替別人著想，難怪妳人緣這麼好。」

看著紅雞為了追女孩努力讀書的樣子，可以聯想到他還沒跟我們這群損友在一起前，認真用心的模樣，小學的縣長獎應該不是靠運氣的。手上的筆就像乩童在畫符咒般，行雲流水書寫著，偶爾跟秀芬討論問題，也都一下子就頓悟，我想紅雞應該是一塊讀書的料。

而我自己則也埋入排列組合的運算中，這章節與先前的數學沒有甚麼相關，是個全新的領域，算著算著覺得也還好，稍微卡住時，問一下怡君，也可以馬上領悟，嘿嘿，我覺得自己真的有些小聰明，心裡想著，搞不好我是個天才，哈哈。

中午我們四個人一起去吃火生麻醬麵餛飩湯，這家店麵條Q彈帶勁，飄著濃濃的花生香，餛飩則是皮薄餡多滋味好，湯汁濃郁回甘，這種道地的宜蘭美食，跟神農包子一樣，總是令人百吃不厭。紅雞要請大家吃午餐，由他買單，但怡君拒絕，她認為我們都是學生，所以採用荷蘭式付款。所以最後紅雞只付了我的餐費，今天我會來此，完全是兄弟召喚我，我當然是不會客氣的。由於座位離開太久書本會被收到櫃台，吃完我們也火速返回圖書館，繼續鏖戰數學。

秀芬：「快四點，圖書館要休息了，我們今天就到此為止。」

紅雞：「好啊，秀芬我送妳回家。」

秀芬：「我自己有騎腳踏車，可以自己回家。」

紅雞：「我也是騎腳踏車，我陪妳騎回家好了。」

秀芬：「我家在東港路那邊，有點遠，你騎到我家再回去太浪費時間了，不用啦。」

紅雞：「今天都還沒運動，剛好騎腳踏車可以活絡筋骨一下。」

除非是白癡，否則紅雞的動機很明顯，就是要知道秀芬住哪邊。

秀芬僅說了一句大家再見，就往她的腳踏車方向走去，紅雞也陪在她身旁走去，慢慢離開了我的視線。

我：「怡君，我家就在旁邊，我走路來，需要送你回家嗎？」

問得自己膽戰心驚的，萬一她說好啊怎麼辦？

怡君：「不用啦，我家也不會很遠，騎腳踏車五分鐘就到了。」

原本惶惶不安的心情，瞬間消散。

我：「怡君，謝謝你今天借我書，改天再請你吃冰，再見。」

這個改天禮貌性的辭別，或許下輩子才會再遇到了。

怡君：「不客氣，有機會再一起唸書喔，再見。」

七月份的傍晚，冉冉陽光依舊刺眼暑氣騰騰，自己覺得精力似乎還很充沛，也許是讀了書過了很充實的一天，並沒有糟蹋到生命，心情也心曠神怡，因此到籃球場鬥個牛再回家。

05

爾虞我詐的戰果

班導的樸克臉又慢慢的從教室門口移動到講台，手裡拿著早上晨考的考卷，伸手又從講台內摸出藤條，我心想：「不會吧，沒有教就考試，考不好真的要打人，要逼我們造反嗎？」，班導用藤條使勁地往桌上一拍，很大的啪一聲。

班導：「叫你們先預習然後考試，是要讓你們了解只要用功，就可以拿高分，老師只是輔助的角色，我教的再好，你們不讀書，一樣考不好，上不了大學。……」

又再說教了，將來班導退休，他的語錄可以出一本合輯了。突然間他中氣十足的叫到。

班導：「林基鴻。」

不會吧，我看紅雞昨天唸的很用功，怎麼會全班最低分，會不會零分啊，然後班導賞個耳光給他，我就知道跟漂亮的女生唸書怎麼有可能專心呢。

班導：「一百分。不錯喔，有用功有差喔。」

看著紅雞走路揚著風的樣子，許多同學都不可置信的望著他，而我則想上去踹他一腳，等考上大學再威風也不遲吧。

班導：「林正浚。」

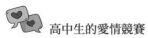

不會吧，發完一百分後發最低的，我覺得我寫的還好啊。應該不會打我吧。

班導：「九十分。不錯喔，腦筋很靈光喔。」

靠，我果然是天才，老師還沒教我都可以考九十分，那我認真讀書不就可以台大博士畢業。我揚起二倍的風走到講台，接過考卷，人生還沒如此的囂張過。這股囂張的氣焰燃起班上同學忌妒又恐懼的眼光，深怕吊車尾的我跑到車頭來，壓過他們，當我狂妄的走到座位，一根粉筆飛過來砸到我後腦杓。

班導大聲斥喝：「林正浚，你在得意甚麼，這次考卷是最基本的題型，只要有看書都可以拿個八、九十分，等你考上大學再來耀武揚威還不遲，給我坐好來上課。」

媽的，才剛稱讚我腦筋靈光，下一秒鐘立刻翻臉，讓我嬈俳個幾分鐘會死啊。記得上次值得驕傲的事是考上宜中，老媽原本想放鞭炮被老爸阻止。進宜中後，這兩年多來也不曾如此得意過，不過班導的這桶冷水，並沒有澆熄我囂張的氣焰，在座位上笑容依舊自大狂傲。這次晨考成績並不如班導所意，班上前幾名同學也都只有五、六十分，難怪班導一進教室門就擺著臭臉。

下課後我們這幾個死黨又湊在體育館角落抽著菸，體育館在學校東北角，屬於學校最隱密的地方，有群樹及高聳的建築物遮擋，有教官或老師來很容易躲藏或逃跑，是學校死角中的死角，在這裡幹著違紀的事情，刺激有餘。

殺手：「靠，你們兩個去哪邊修行了，居然數學還沒教可以考這麼高分。」

我：「到了今天我才明白，我覺得我有愛因斯坦的頭腦，只是以前被埋沒了。」

紅雞：「臭屁蒲阿，不要那麼嬈俳好嗎，你看我考一百分，拿考卷的時候是多麼低調內斂。」

我吸進去的煙差點被紅雞的話嗆到肺部爆炸，他的動作行為如果是低調內斂，那全班的同學不就每個都是失明的殘障者。

肖仔：「你們兩個說一下吧，昨天是幹了甚麼好事。」

紅雞：「我要約秀芬出來，最好的理由就是找她一起唸書，無奈她拉怡君一起來，我只好找蒲阿作陪，原本想要掛羊頭賣狗肉，找機會帶開圖書館，然後站上打擊區，先來個一壘打。可惜沒有好時機，只好假戲真做，就待在圖書館一整天，勉強讀一下今早要考的數學，並藉機問她問題然後親近她。在我問她問題的時候，不小心碰觸到她的手，那纖柔滑潤的肌膚，似乎帶著一股曖昧的電流，深深的敲醒我的寂寞心靈，也喚起了我小學時期唸書的記憶，那種熱情衝動，一發不可收拾。」

殺手：「靠，原來你們兩個跑去圖書館約會，如果照這樣下去，你們很有機會考上大學，班上那些成績好的，會被你們幹掉了。」

我：「媽的，我只去這一次，我是作陪的，除非秀芬找一個跟她美貌同等級的來唸書，我才會再去。」

紅雞：「蒲阿，你不要這麼膚淺好嗎，找女朋友是要找一種心靈的契合，美貌次之，肉體接觸只是額外附加的行為。我覺得你和怡君很投緣，而且我注意到她在看你時那種情竇初開的微笑，是發自內心，要好好保握喔。」

肖仔：「對啊，蒲阿，我覺得紅雞講的很有道理，你跟怡君很登對，你可能是這次一壘安打比賽的優勝者，到時生米煮成熟飯，記得請大家吃紅蛋。」

殺手：「說甚麼『肖』話，我都還沒發表我的進度，就說蒲阿會優勝，有把我這個老大放在眼裡嗎？。」

我：「是、是，殺手老大，我們洗耳恭聽你的成果。」

殺手：「我跟你們說，我和惠華不只一見鍾情，而且心有靈犀互相感應，她有給我電話，星期六晚上一通電話就搞定，毫不遲疑的出來和我一起看電影。」

我：「殺手，你不是教我們談戀愛要用二分法嗎？，怎麼直接就約出來了。」

殺手：「二分法是針對你們這些庸俗的男孩設計的理論，像我這種各方面條件都在頂端的才子，用直約法單刀直入去釣就可以了，不是我吹牛，幾乎游刃有餘。」

我：「唬爛也要稍微修飾一下，不怕吹破自己的肚皮。」

殺手：「媽的，你們三個根本不懂甚麼是戀愛，戀愛不是用談的，我問你們，戀愛的終極目標是甚麼？」

我：「牽著小手，走在小路上，看著小星星，彼此慰藉著小小心靈，若是可以親上小嘴，那將是人生的大大喜事。」

殺手：「憨蒲阿就是憨蒲阿，現在是民國幾年了，你還憧憬在小時候的愛情童話故事中。這種談戀愛方式太沒效率了，戀愛的終極目標就是『全壘打』，說的再明瞭一點就是上床，雄性動物體內的激素，自古以來都沒退化過，就是把自己身上的種，無所不用其極的播到雌性動物體內，所以戀愛要用肢體語言來實踐。」

我：「殺手果然是理論派大師，這與暑假前你教我們的理論差很多，因應不同的雌性動物，可以將理論一再演繹進化。如果惠華長得像怡君，你大概又會編出另一套理論了。」

殺手：「死蒲阿，你只會吐我槽。我跟你們說，那天看完電影，我走路送她回家，我可以感受到她對我非常有好感，言語之間似乎要終生託付給我，不管我講甚麼話，都直點頭微笑著，就像是熱戀中的男女。」

我：「牽到手了嗎？」

殺手：「還沒，不過依我推算，照這種進度發展下去，下次可能就親嘴了。」

我：「靠，根本還沒一壘安打，講的好像已經得分了，小心她投個觸身球，直接將你送醫院。」

殺手：「我是考慮到如果太快安打，讓你們幾個失去鬥志，競賽這麼快結束，會在你們成長過程中留下陰影，所以我放慢腳步。」

我：「麻煩你儘量快一點，貳佰元很多，但我輸得起，希望這貳佰元能夠很快買到你們倆的紅蛋，加油。」

紅雞：「殺手，我看你只會紙上談兵吹大牛，要不要我們兩個再對賭，賭注再加一倍？」

殺手：「多說也無益，你們等著把錢拿來給我。」

殺手一副信誓旦旦，把自己當作如來佛祖已把孫悟空收服般，那種猥褻的微笑，真想賞他一個耳光。

我：「喂，肖仔，你怎麼都沒聲音，你的『米漿』勒？」

肖仔：「甚麼『米漿』啦？」

我：「『米漿』的台語不就是『美玲』？」

肖仔：「沒約啦，星期天不睡覺跑去約會，你們很浪費生命耶。」

我：「積極一點好不好，這麼快就舉白旗。不要貳佰元輸得不明不白，自己都還沒站上打擊區，就掏錢出來了。」

肖仔：「我一定會讓你們看到甚麼是不可思議的一擊，讓你們驚訝到張大嘴巴，然後把紅蛋一個一個塞到你們的嘴裡。」

我：「喂，不可暴力、威脅、利誘，更不可以下藥喔。」

肖仔：「媽的，我沒那麼卑鄙好不好。」

我：「你外表看起來是沒有卑鄙啦，但是骨子裡就不曉得。」

看起來，這場競賽除了我袖手旁觀準備輸錢外，其他人都磨刀霍霍展身手了。

今天又是一個風和日麗適合發呆打瞌睡的日子，微風徐徐輕撫臉龐，兩片眼皮很自然地就往下低垂。暑輔班對用功的學生來說，無疑是提升大學聯應考實力的推動器，而對我們這些混日子的學生來說，簡直就是渡時如年，明明暑假就是要放鬆心情好好渡假，怎麼會坐在教室裡。

「蒲阿，起來了啦。」紅雞用力往我身上一拍。

我：「靠，沙小。」

紅雞：「我心情很好，到體育館陪我抽根菸。」

兄弟心情好，當然要陪他一起快樂，於是我們邊走邊聊。

紅雞：「我跟你說，昨天我和秀芬又去圖書館唸書，只有我們兩個人喔。」

我：「秀芬沒找那個跟屁蟲去喔？」

紅雞：「沒有啊，怡君若有來，我就會再找你一起去。上次透過我妹去約，總覺得我妹靠不住，可能會在學校亂傳話，女生總是比較低調，如果我妹太張揚，會壞了我的好事。」

我：「你妹我覺得還好啦，應該也是低調的人。如果是我媽知道我交到女朋友，隔天報紙頭版就刊登這消息了。」

紅雞：「秀芬的家教很嚴，沒給我電話。上次我不是有送她回家，我偷偷記下她家的住址，然後寄了一封信給她，信封上寄件人還特別署名高怡君，這樣就不會穿幫了。」

我：「靠，你城府蠻深的，佩服。」

紅雞：「我也是約她單獨出來讀書，請她不要再約別人，人太多會聊天浪費時間不好，時間由她訂。皇天不負苦心人，二個禮拜後我收到回信，就約昨天去圖書館看書。」

我：「紅雞，看來你似乎得逞了。」

紅雞：「其實在圖書館約會也很無趣，她都很專心在看她的書，而我則很專心的在等時機，希望帶她去圖書館附近的宜蘭農校散散步談談心。」

我：「宜蘭農校校園漂亮極了，百花爭艷，鳥叫蟲鳴，流水潺潺，林木成蔭，如詩如畫的美麗風景完全不用加工，在這樣的氣氛下，秀芬很容易對你投懷送抱，我們要叫你第一名。」

紅雞：「不過實在很可惜，為保握讀書時間，午餐也是自帶麵包，吃完麵包連午休都沒有，又開始唸書了。」

我：「依她的資質，照她這樣用功讀下去，應該會錄取前三志願的大學。」

紅雞：「蒲阿我跟你說喔，我覺得這次競賽對我來說已經不是一場嬉戲了，而是生命的啟蒙，我打從心底喜歡秀芬，即使用盡生命最後一滴血，我都想得到她的芳心。」

我：「紅雞，講真格的，你若沒能追到手，換我會急起直追，是唸在兄弟一場，我目前禮讓你。」

紅雞：「你少說風涼話了。愛情會不會有結果不是兩人說了算，還要看時空背景、雙方家人……很多因素，最重要的還是緣份。」

我：「對啊，如果秀芬考上台大，而你在南部唸書，即使再有緣份，這緣份也會由深轉淺，最後就會成為過往雲煙，成為生命中小小的回憶。」

紅雞：「靠，你不要詛咒我，我和秀芬一定會像童話故事裡的王子和公主，從此過著幸福快樂的日子。」

我：「那先祝福你擁有童話故事的愛情。」

紅雞：「蒲阿，兄弟一場，我一定會幫助你，讓你也擁有童話故事般的美麗愛情。」

我：「希望秀芬是你的唸書引擎，推動你考上大學。你不用擔心我交不到女朋友，船到橋頭自然直，說不定牽在我身上的姻緣線，很快就會把真命天女拉過來給我。」

紅雞：「我就是沒有你這種灑脫豁達的人生觀，不然現在妻妾成群了。」

我們兩個人就這樣邊抽菸邊聊著心底未來的希望，我雖然沒有哥哥，但紅雞儼然是我最親的手足。

殺手：「你們三個，把貳佰元交來給我，我贏了。」剛開學不久，殺手就對著我們三個人在叫囂著。

肖仔：「靠，吹牛我也很厲害，錢交來我這邊吧。」肖仔不甘示弱。

我：「媽的，我根本不相信你們兩個人的話，要眼見為憑。」

紅雞：「是啊，這又不是唬爛比賽，才二個月的時間就安打了，你當蘭女的校花是只有幼稚園畢業的喔，那麼好騙嗎。」

殺手：「為了讓你們輸得心服口服，而且慶祝惠華正式成為我的女朋友，這星期天晚上六點，我請你們三個人跟惠華的另外三個同學到今日餐廳吃飯。我請惠華去約她三個同學，記得要來，才收你們陸佰元，我請一桌要陸仟元。」

我：「是宜蘭市那間最高檔的今日餐廳嗎？」

殺手：「正是，請你們吃好料喔。」

我：「我曾聽我媽說過，這家餐廳很高級，而且價格不菲，只有達官權貴才有資格在這餐廳吃飯，真的假的？」

殺手：「心情好，請兄弟吃飯，對我來說不算甚麼。」

我：「既然心情好，那我們的貳佰元就不要收了吧，對你來說不算甚麼，對我們來說，是一個月的生活費啊。」

殺手：「蒲阿說了算，這也要感謝大家設局比賽，我才這麼有動力去追惠華。」

我：「你是怎麼追到的，說來聽聽順便授課一下」

紅雞：「一定是孫中山幫忙追的啦，我們學不來的。」

殺手：「紅雞你不要忌妒啦，孫中山只是小小的輔助腳色，我與生俱來就有吸引異性的魅力，再加上讀的懂女孩的心理，早就跟你們說過，追女孩對我來說是易如反掌，將來我會出本書分享給芸芸眾生。」

我：「阿彌陀佛，我佛慈悲，請原諒殺手這般狂妄自大。」

紅雞：「阿彌陀佛，我佛慈悲，請讓我追到秀芬。」

肖仔：「阿彌陀佛，我佛慈悲，請讓蒲阿跟怡君趕快有愛情的結晶。」

我：「靠夭咧，哪壺不開提哪壺。」肖仔每次講些五四三的時候，那張正經八百的臉真想揮拳過去把它扒爛。

06

人間美味

為了上這間高檔餐廳，我穿上一整年都捨不得穿的白襯衫跟黑色西裝褲赴約，這麼正式的服裝應該是參加喜宴時才用得上，為了給殺手面子，不得不體面一些。腳踏車騎到了餐廳口，這才發現在宜蘭市住這麼久，卻沒發現有一棟這麼漂亮的建築物，二層的日式風格木造樓房，有著砌排整齊的窗扇，斜屋頂使用琉璃般的黑瓦，外觀搭配淡淡的藍色系，在夕陽餘暉的襯映下，更顯現出餐廳的雍容華貴，而周邊圍繞著蓊鬱的奇花異草，百花爭妍，中庭的一棵羅漢柏，孤聳在金黃色的晚霞中，正是告知普羅大眾，來此用餐的貴賓身份就如同此棵羅漢柏般，是生活在社會頂端的達官貴人，我居然如此有幸，可以來此用餐。為了避免騎腳踏車來的窘態，我把腳踏車停在圍牆角的巷子內，再慢慢走過去。走到餐廳門口，因為時間尚早，我就蹲在門口邊抽根菸，順便欣賞一下美麗的庭園景觀。

果然來吃飯的都是大老闆，一輛賓士黑頭車，就停在我面前，下來一個西裝革履中年帥氣的男士，朝我這邊走來。

「少年耶，這車很貴，要好好停，等一下小費會給你多一點喔。」說著就把鑰匙交到我手上。

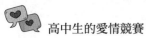

靠，沙小，我穿著這麼體面，在這高檔餐廳居然像個泊車小弟。我心裡訝異的想著。

「董仔董仔，歹勢啦，我也是來吃飯的。」趕緊把鑰匙還給他。

「蛤，你也是來吃飯的喔，少年耶有出息喔，來這邊吃飯。」董仔笑著回答。而在不遠處也穿白襯衫黑西褲真正的泊車服務人員，已經飛速的過來將車開走了。

「希望出社會後，我能夠跟你一樣事業有成。」我也是用阿諛奉承的言語，笑著回應。

「你絕對會很有出息。」董仔落下這句話後，身影逐漸遠離。我多麼奢望日後他的金言可以成真。

「少年耶，你來吃飯喔。」剛才泊車的年輕人過來跟我寒暄。

「阮大耶心情好，請我們來這邊吃飯。」我微笑回應著。

「你們老大是迌迌哪裡，應該混得不錯，才請你們來這吃飯。」年輕人欽羨的眼光問著。

我：「你誤會了啦，我們都是學生，他家是有錢人，他不是迌迌人啦。」

年輕人：「你馬卡拜託一下，穿阮餐廳的制服來吃飯，難怪人家會叫你泊車。」

我：「這套服裝我過年才會穿的，我哪知是你們的制服。請問一下，你在這裡上班，一個月可以賺多少錢？」

年輕人：「在這上班沒前途啦，一個月也賺不了多少錢，好好讀書卡實在。」

我：「我在想我大學若沒考到，來這上班賺錢，制服也可以少買一套。」

年輕人：「你讀哪間學校？」

我：「宜中。」

年輕人：「哇！宜中，宜蘭縣會讀書的菁英都唸這所高中，少年耶，有前途喔。」

我：「我成績很差，考不上大學，先把高中文憑混到再說了。」

年輕人：「不要看輕自己，搞不好哪天你的潛能被逼出來，說不定可以考上好大學。」

我：「多謝你，希望吃了你們餐廳的好料，可以逼出我大腦的潛能。」

年輕人：「我看你先進去餐廳坐，等你夥伴，免得等一下又被人誤會了。」

走進大廳，金黃的水晶大燈飾，將空間照出了滿滿的貴氣，搭配應景盆栽及巨幅壁畫，極盡奢華的影像震懾我心。走進殺手預定的包廂，坐在椅子上點燃一根菸，深深吸一口，陶醉在眼前的華麗情景，抽這根菸就如同清末的高官在吸鴉片無法自拔同樣的感受。忽然瞥見桌上放著一份菜單，趕緊拿過來瞧瞧。

「龍鳴獅吼嘯東海」、「牛郎織女舞星空」、「爆竹一聲除舊歲」、「翠玉白菜展風華」、「赤膽忠肝照汗青」、「嫦娥奔月遠紅塵」、「尋尋覓覓終相遇」、「虎口餘生匆促奔」、「八仙過海洞先機」、「因果修行春四季」，靠，這是甚麼菜單啊，沒有一項看得懂，我大概只能猜出「翠玉白菜展風華」這道菜，應該是熱炒白菜吧。

「蒲阿，晚上好。」

回頭望去，原來又是怡君，天哪，老天爺每次都會賞賜一段讓我和她獨處的時光，可不可以待日後我遇到心儀的女孩再賞賜這種機緣給我呢。不過她今天穿著一席淡藍色的洋裝，蕾絲邊環頸而下，若隱似無的在裙邊綻放異彩，莊重大方而典雅，似乎特意挑跟餐廳同色系的衣著，雙唇也塗上淺紅唇妝，有種成熟的稚氣，直覺美麗度已從原先的第四級躍升至第三級，印證了「佛要金裝，人要衣裝」這句古老諺語，打扮確實很重要。

我：「怡君，妳今天好漂亮喔。」

怡君：「蒲阿，謝謝你啊。」

我：「妳剛才來的路上有沒有人對妳吹口哨。」

怡君：「蒲阿，你不要消遣我啦，我只是穿得較為正式一點。」

我：「妳的頭腦比較好，妳看一下這菜單，這些是甚麼菜妳知道嗎？」

怡君東看西看也是看的一頭霧水。

怡君：「會不會是用音譯的方式取菜名。」

我：「甚麼是音譯的方式？」

怡君：「就是用食材中某樣菜的音來命名這道菜的名稱。」

我：「怡君，妳不只功課好，對料理也這麼有研究，真厲害。」

與怡君話家常五、六分鐘後，紅雞和肖仔同時出現。

肖仔邪惡的笑容對我們說：「一對佳人才子聯袂先到達。」

怡君：「肖仔，你不要亂講話啦，我也是剛到。」

我怎麼覺得怡君在回這句話的時候，笑的還蠻曖昧的。

紅雞：「妳今天打扮得很好看，蒲阿又穿著很體面，郎才女貌真的很登對。」

怡君笑得更合不龍嘴。

兩個人要一起搞我，我如果是省油的燈，我就不叫蒲阿。

我：「肖仔，你不是跟我說你很喜歡怡君嗎？這時候怎麼不表態一下。」

怡君：「蒲阿，你錯了，肖仔很喜歡美玲，紅雞很喜歡秀芬，我們女生私下都知道的祕密。」

看來不只兩個人要一起搞我，連怡君都加入對手陣營，君子報仇三年不晚，找機會再修理你們。

肖仔：「蒲阿，埋在心裡的話要勇敢的對怡君說，像個男子漢嘛，你看我和紅雞就沒這麼扭扭捏捏。」

我發現怡君有點臉紅低頭在沉思。怡君不會當真吧，肖仔的話能信，狗屎都可以吃了。

我：「好了啦，不要再捉弄我們二個。」

媽的，肖仔咱們相遇的到，哪天我真的讓你起肖。

一會兒，秀芬和美玲也來了，兩位女生穿著跟怡君一樣，清新高雅不在話下。紅雞立刻拉開椅子請秀芬在他旁邊坐下，肖仔不遑多讓，還拿衛生紙擦了擦椅子讓美玲坐他旁邊，兩個狗腿頻獻殷勤。

紅雞：「蒲阿，你過來坐我和怡君中間，那裏是主位，留給東道主殺手和惠華。」

我：「喔，知道了。」

當我過去坐定後，突然覺得我和怡君之間的空氣忽然熱了起來，似乎燒到耳根子，這股熱焰經過臉頰慢慢擴散到鼻樑端，我不應該這麼沒用啊。

肖仔：「蒲阿，你臉超紅。」

紅雞：「真的耶，好紅喔。」紅雞加油添醋鼓惑著。

大家笑成一團，徒留我和怡君尷尬無言的傻笑。

同時間殺手和惠華也來了，惠華是挽著殺手的臂膀走進來，這一幕我驚訝極了，彷如新郎新娘進場般，兩個人的笑容恩愛甜蜜，這次比賽我輸的真是心服口服。

紅雞：「噹……噹……噹噹，噹……噹……噹噹，……。」，紅雞哼著結婚進行曲。

「噹……噹……噹噹，噹……噹……噹噹，……。」我們也一起加入哼唱的行列。

殺手：「好了啦，音樂我們心領了，等我和惠華大學畢業後，再請你們喝真正的喜酒。今天很高興，邀請我高中最要好的兄弟跟惠華高中最要好的姊妹一起來吃飯聊天，希望大家能賓主盡歡。」

幸好殺手和惠華到來，化解了我和怡君尷尬的僵笑。

我：「殺手，感謝你請我們們吃這麼高檔的餐廳，光看菜單就已經很盡興了。」

殺手：「兄弟，不用謝啦，等你輝煌騰達時記得要回請我。你有喝酒嗎？怎麼臉好像紅紅的。」

肖仔：「我們把蒲阿喜歡怡君的秘密抖出來，他不好意思，就臉紅了。」

殺手：「蒲阿，真不夠意思啊，你怎麼心事藏這麼久，連我都沒說。」

靠，好不容易化解掉的尷尬，竟然又被殺手撿回來討論，我該怎麼接招呢？偷瞄一下怡君，淺笑中似乎也在尋找解藥。

怡君：「蒲阿是你們的好兄弟，你們就不要再捉弄他了，讓我們高高興興吃個飯吧。」

殺手：「對，對，服務生麻煩上菜囉。」

真佩服怡君的機智，四兩撥千金幫我們解套。

第一道菜，服務生端上來的是一隻活龍蝦，中間放生的龍蝦肉，兩旁還有生魚片，龍蝦頭旁有一杯灰色的飲料，只見龍蝦頭的鬚鬚仍在空中舞動，眼睛依舊炯炯有神，光是這擺盤的陣仗，場面已夠震撼的。

服務生：「這是生龍蝦及鰤魚生魚片，這道菜叫龍鳴獅吼嘯東海。這杯是龍蝦血，為不讓血快速凝固，我們加了五十八度高粱酒。鰤魚是日本進口，含豐富的DHA，吃了有益身體健康，而龍蝦血可以吃血補血喔。」

我：「肖仔，你應改多吃點龍蝦血，我們裡面你最欠血。」

肖仔：「我哪裡有欠血。」

我：「肖仔，你平常都含血噴人，血都被你噴光了，當然欠血。」

大家哈哈笑成一團，只有肖仔又用那邪惡的眼神在瞪我。

紅雞立即站起來要為秀芬夾菜。

服務生：「先生您坐著就好，我會幫您們分菜。」

殺手解釋，在高級餐廳中，服務生都會幫客人分菜，一來衛生，一來讓賓客覺得尊榮。來這裡是我有生以來第一次覺得如此尊榮華貴。原來龍蝦加鰤魚稱作龍鳴獅吼，這氣勢何止嘯東海，簡直可以翻轉太平洋了。我不得不佩服怡君的腦袋，啥事都可以未卜先知。

生龍蝦肉入口，肉質綿密鮮甜，極為順口，挑動未曾甦醒的味蕾，從沒吃過如此的人間美味，而生鰤魚片加上芥末，這股嗆勁，讓味覺神經更加翻轉，使得身體七竅噴煙精神亢奮，再喝下這杯龍蝦血，濃濃郁郁，一道火焰順著食道而下，將龍蝦鰤魚緊緊纏繞。我的眼淚快掉下來了，是感動也是悸動，因為我知道，就算我出社會開始賺錢後，恐怕也無法吃到此高級的菜色了。

殺手：「兄弟姊妹們，菜好吃吧。」

大家點頭如搗蒜般，連連稱是。

我：「殺手老大，我怕我畢生的福氣，都花在這一餐上面，以後再也沒有機會吃到如此高級的料理了。」

殺手：「蒲阿，你放心好了，你只是尚未出社會賺錢，才會覺得這是很高級的食材，這菜色對社會人士來說，是稀鬆平常的料理，等你開始賺錢後，你也許會覺得這是小菜一碟。況且我覺得你心地善良，福報一定延綿不絕。」

肖仔：「對呀，蒲阿各方面都非常善良，尤其長得最善良。」

男生都笑成一團，而女生一頭霧水，而我原本喝高粱龍蝦血赤紅的臉更加熱呼呼。

正當我在思索如何反擊時，紅雞暗地裡向我招手，示意我過去他那邊一下。我也就將椅子往他的座位挪了一下。

紅雞：「蒲阿，你不要再跟肖仔鬥嘴了，我怕你們兄弟倆會擦槍走火，場面會很難看。」

紅雞輕聲的咬我耳朵。

我：「紅雞你放心，有女生在場，我會稍微克制，況且從以前到現在，我跟肖仔吵架，頂多二天不說話就會和好了。」

紅雞：「我就是怕有女生在場，情況會跟以往不一樣，你知道肖仔最好面子，你今天讓他難看，明天到學校恐怕會山洪暴發，脾氣一發不可收拾。」

我：「好啦，看你的面子，我不跟他鬥了，好好享用美食較實在。」

紅雞：「還有我跟你說一件秘密，這也是秀芬無意間露餡的。他們四個女生一起和我們出去玩，唯獨怡君沒有人追，這件事怡君一直很失落，認為自己長得不好看，所以我們男生沒人喜歡她。」

我：「怡君還蠻有自知之明。」

紅雞：「現在不是落井下石的時候，你想一下，怡君除了長相較『平凡』外，個性開朗冰雪聰明，人緣又好，哪裡找這麼優秀的女孩。」

我：「我們的比賽已經結束了，你該不會叫我再去追她吧。」

紅雞：「我正是有此意，做個好人，安撫怡君一下吧，我覺得她今天穿這麼漂亮，是衝著你來的。」

我：「你講的這個祕密該不會是騙我的吧。」

紅雞：「好兄弟一場，這種事我怎麼會騙你。」

我：「你也知道我不喜歡長相『平凡』的那一型，我喜歡長得像秀芬的那種風格。」

紅雞：「燈關掉躺在床上，長相就不重要了。」

我：「萬一很不幸我追到了，她要嫁我怎麼辦？」

紅雞：「靠，你也想太多了，日後若個性不合，她也不會想要嫁給你。」

殺手：「喂，你們兩個在講甚麼悄悄話，說出來大家聽聽。」

我趕緊將椅子挪回原位。

我：「我是跟紅雞講一個大秘密，我發現肖仔認識美玲以後，早餐都改為只喝米漿（近似美玲的台語發音），用以表達對美玲的愛慕及思念。」

講完後，大家的目光都投向臉龐開始紅通通的兩人，肖仔，我已經以德報怨做球給你了，希望以後有機會要好好報答我。

說著說著服務生端了第二道菜進來，磁碟上擺的好像是牛肉。

服務生：「這是日本進口的神戶牛排佐以靈芝粉，這道菜叫牛郎織女舞星空。神戶牛肉肉質甜美珍貴，搭配可以活絡氣血的靈芝，除了美味外也可提升身體免疫力。」

這半生不熟的牛肉，白色的紋理似乎亂中有序，像是有千隻手揮舞在空中，而灑上的靈芝粉，更像夜空中明亮的星星，閃耀襯托著，牛肉加靈芝就是牛郎織女，這個菜名牛郎織女舞星空取的真好。牛肉吃到嘴巴裡，滑嫩Q彈，而靈芝粉有淡淡的香氣，果然是絕配，又是一道人間美食。我的心又開始滴淚了，往後的人生，我還有機會再吃到神戶牛肉嗎？今天我用掉的福氣，恐怕要幾年的光景，廣種福田才補的回來。

忽然間，怡君過來搭訕。

怡君：「蒲阿，這牛排好像生了一點，我不太敢吃，我嚐一口就好，剩下給你好不好？」

我：「這人間美味不吃完很可惜耶。」

怡君：「我知道這是人間美味，但是對我而言恐怕是無福消受。」

我：「恭敬不如從命，謝謝妳啦。」

這舉動似乎引起紅雞的認同，暗暗的對我豎起大拇指，我好像已經慢慢的步入紅雞設下的圈套。我也發現惠華跟怡君一樣，把大部分的牛肉給殺手吃，他們是熱戀中的情侶，而我跟怡君毫無瓜葛啊，一般只有情侶之間才會把沒吃完的食物分給另一半，怡君真的是不太吃半生不熟的肉？還是怕胖嗎？也許是在獻愛意？我內心已慢慢的起漣漪。紅雞曾經跟我說過，他與殺手不同，他嚮往柏拉圖式的愛情，一種追求心靈溝通的精神戀愛，所以對象要「寧缺勿濫」。我如果和怡君交往，那就是往「寧濫勿缺」的方向走去，這餐會或許是一場鴻門宴，讓我死無葬身之地。

想著想著的三道菜上桌了，是一盅湯品。

服務生：「這是鮑魚燉人蔘，鮑魚可以改善視力養肝明目，而人蔘是中藥的補王，可以改善體質，除去舊疾。這道菜叫爆竹一聲除舊歲。」

原來鮑魚加人蔘稱為爆竹一聲，改善體質除去舊疾叫除舊歲，有創意。我一直以為鮑魚是一條海魚，原來它是蛤蠣的放大版，而且比蛤蠣好吃數十倍，肉質Q彈有嚼勁，而人蔘則有淺淺的甘甜味，小時候就聽我媽講，人蔘是最好的養氣補身食材，可以延年益壽，是有錢人最愛的補品，沒想到我今天也嚐到了，感謝殺手帶我來這家餐廳見世面。

怡君：「蒲阿，殺手請我們吃這麼好，我沒有能力回請他吃這麼高檔的餐廳，你認為該怎麼辦？」

我：「放心啦，殺手家非常非常有錢，今天花的錢只是他的九牛一毛，而且他為人海派，從來不跟我們這些兄弟計較甚麼，你若過意不去，就請我吃點小吃，我幫他領受，算是妳回請他好了。」

我是不是高粱酒喝多，乙醇在體內揮發了，自覺神經開始失調，連這種把妹的話語都不看對象就脫口而出。

怡君：「無功不受祿，我是認真的。」

我：「我也是認真的，請我就可以了。而且妳怎麼會無功呢？妳已經把蘭女的校花送給殺手了，除了這一餐，我覺得她還要包個大紅包給妳才對。」

怡君：「上次在圖書館一起唸書時，你說要請我吃冰，還沒兌現，現在還要我請你。」

媽的，怡君記性怎麼這麼好，我壓根兒已不記得這件事了，天公伯阿，趕快伸手協助我，我快沒話回了。

我：「我早就有安排要請你吃冰，就等下次一起去圖書館唸書的時候請妳。你可以先請我吃飯，我再請你吃冰啊。」

怡君：「要拗我請你吃飯可以啊，你總得給我一個好理由。」

我：「我就想私下單獨跟妳聊聊天嘛。」

要女生閉口不再追問，最好的方式就是講一些讓她害羞尷尬無法接話的語詞。想不到喝完龍蝦血高粱酒後，我竟然成為一個愛情理論派大師，怡君果然又臉紅的低頭沉默。

服務生上第四道菜，像是什錦火鍋。

服務生：「這是我們宜蘭傳統美食西魯肉，高湯是用十幾種素菜加上六種中藥材，以小火慢慢熬燉七七四十九個小時所得的菁華，再以青翠的大白菜、紅蘿蔔絲搭配蛋絲及蝦米，勾芡混煮而成，這道菜較清淡，除解前三道菜的油膩，常吃亦可延年益壽，這道菜名叫翠玉白菜展風華。」

這道菜名和漢字構成歸納有異曲同工之妙，都是屬於會意等級，大白菜是主角，其他的配料就靠自己想像，擺在桌上確實有展現風華之美，和我當初想的炒白菜有很大區別，算是一道平民美食，只不過這道宜蘭傳統美食西魯肉配料裡卻沒看到肉。

怡君：「蒲阿，你知道西魯肉為什麼沒有肉嗎？」

聽到怡君問這問題，我不禁打了一個寒顫，我心裡在想甚麼她都知道，如果將來我和她交往，會不會逃不出她的手掌心。

我：「西風擄走了肉，所以西擄肉就沒看到肉囉。」

怡君：「蒲阿，你真會瞎掰。宜蘭人大多務農，日子過得比較辛苦吃不起肉，若客人來訪，常常苦無肉食可招待，只好將廚房內最常見的食材大白菜，搭配紅蘿蔔、香菇切成細絲，再勾芡成羹，最後放上炸得金黃的蛋酥，取代不足的肉，讓客人都能品嚐豐富口感，西代表台語的絲，打魯是勾芡，也是我們常見的白菜魯，而金黃的蛋酥搭配濃濃蔬菜高湯用它們來代替肉的口感，所以菜名就叫西魯肉，雖然菜名有肉，但卻吃不到肉，這是我們宜蘭的美食指標，在外地是吃不到的。」

紅雞確實沒有說錯，怡君的確冰雪聰明又博學多聞，我的學識和她相比，真的是幼稚園的兒童碰上研究所的博士生。

我：「你真的好厲害，甚麼事都知道。」

怡君：「我喜歡多看看課外書刊，增廣見聞。」

殺手：「你們兩個不要只顧聊天，美食當前要好好享受。」

和怡君多聊兩句就被殺手注意到，當老大的果然有超人的觀察力。

吃了這道家常菜，很有媽媽的味道，原來高級餐廳也會賣些家鄉味。我也聯想到，像怡君雖然不是大美女，然而卻很有智慧，待友真誠而且人緣佳，或許不是朋友眼中很好的情人，卻是相夫教子又能持家的賢內助。酒已經開始讓我迷失，我對怡君漸漸有好感。

服務生上第五道菜，是一盅湯品。

服務生：「這是我們店裡的招牌菜，大排翅加上頂級干貝。魚翅含膠原蛋白，可以強化骨骼、滋養肌膚，你們知道嗎，鯊魚是動物界中唯一不會出現癌細胞的魚類，所以吃了以後可以防癌抗癌。而干貝含豐富蛋白質，且蘊含鈣、磷、鐵、鉀、鎂、硒等抗老化營養元素，常吃可以養顏美容，讓皮膚柔嫩，這道菜叫赤膽忠肝照汗青。」

取魚翅加干貝的諧音叫翅膽忠干，照汗青是否意味著在我人生的歷史軌跡中，就吃這麼一次。既然干貝可以養顏美容讓皮膚柔嫩，那怡君很需要，我應該獻點殷勤，主動分享給她多一點。

我：「怡君，剛才妳分享牛排給我，這干貝這麼大顆，我怕妳沒吃飽，我切一半給妳好嗎？。」

怡君：「蒲阿，妳是嫌我長得不好看，讓我多吃點干貝，可以養顏美容讓皮膚柔嫩，是嗎？」

她是住在我心裡嗎？還是對我下了蠱？不然我心裡打甚麼主義她都知道，這麼厲害的角色，若要追她可能也是一件大工程。

我：「誰說妳長得不好看，說妳的人大概是近視千度吧。依妳今天的談吐和穿著，端莊高雅，清新脫俗，妳沒發現我都會多看妳二眼。我是投桃報李，想讓妳對我有些好印象。」

怡君：「蒲阿，我跟你開個小玩笑，你怎麼會這麼緊張，不太像你的個性喔。」

看來怡君有吃到我的口水了，說話開始會占人便宜。

我：「你還蠻了解我的個性，豁達灑脫，看盡人生百態。白髮漁樵江渚上，慣看秋月春風。一壺濁酒喜相逢，古今多少事，都付笑談中。我不會緊張，輕鬆愜意的很。」

這首我無意中看到的課外詩詞，因為非常契合我的性格，我就把他牢記在我心中，沒想到今日居然可以派上場，可以把怡君的嘴堵死，哈哈。

怡君：「你講的這幾句詩詞是明朝楊慎所寫的臨江仙，對吧？我也很喜歡這首詩詞。」

我只能望著怡君點頭傻笑。

要女生閉口不再追問，最好的方式就是講一些讓她害羞尷尬無法接話的語詞。而要男生閉口無話回答，最好的方式就是講些戳破他內心自大的語詞。我輸了，原本在內心狂笑的傲氣，瞬間爆裂而七竅冒煙，我應該已經內傷了。我好不容易找到一個以為她會不知道的學識，沒想到她就這麼淡淡的說出作者及詞名，小龍女放蜜蜂出來螫楊過的初次見面場景，一瞬間閃過腦際，我快被收服了，只好閉口不說了，雖然受到刺激，但絕不會影響這道佳餚的美味，在地球自轉1經度的時間內，就把他們收納到我的胃內了，這麼好吃的干貝還好沒有分享給怡君。

服務生上第六道菜，不知盤裡擺的是烤雞還是烤鴨。

服務生：「我們老闆老家在廣東，這道是他們的家鄉菜粵式烤鵝，原本戰亂後在大陸已失傳，我們老闆用他幼年的記憶，來台改良再研發。我們用廣陳皮、廣佛手、廣甘草、廣沙薑等粵菜常用的香料塞進鵝腹縫合，接著整隻鵝先燙皮再泡冷水，讓鵝皮緊繃，然後淋上本餐廳獨門醬汁，再用慢火細細燒烤，這樣烤出來的鵝皮非常酥脆，鵝肉汁多鮮美，味道令人回味無窮，在塵囂的廣東已吃不到了。這道菜叫嫦娥奔月遠紅塵。」

原來粵式烤鵝意味著嚐鵝奔粵，遠紅塵則代表著離塵囂的廣東很遠，這道菜名深深的表現出老闆對家鄉的思念，我們也很有幸，憑老闆的記憶可以享受到這美食，而在享受之餘一同陪他思鄉。我在家吃過很多次的烤雞烤鴨，烤鵝還是第一次吃到，嚐了一口後發現果然如服務生所說，烤過的鵝皮非常酥脆，有著咬洋芋片一樣的奔放，而肉質比雞鴨綿密，並散發粵式香料的獨特口感，又是一道人間美食。

我看到怡君一直盯著盤內的烤鵝，都沒動筷子，而眼角似乎有著晶瑩的淚光，我在想光看食物聞味道就可以感動到眼角含淚，那吃下肚不就要嚎啕大哭了。

我：「怡君，你對這道菜很有感觸嗎？」

怡君：「是啊，我想起非常疼我的祖母。我祖母很會烤雞鴨，在我小學及國中時只要我成績表現好，她就會做給我吃慰勞我，二年前她不幸去世了，我再也吃不到那種祖母的味道了。今天看到這烤鵝，我就不自主地想起她，所以就悲從中來。」

我：「你祖母在天堂一定會保佑妳，讓妳平平安安順順利利。有福氣的人才能吃到這餐廳的美食，她一定會很高興看著妳吃這高級餐點，趕快吃吧。」

怡君：「嗯，蒲阿，謝謝你。」

不知道這樣算不算哄女朋友，如果算，我豈不是個交女友的天才，不得不佩服我自己。

吃完這六道人間美味的餐點，已經八分飽了，但是像我這種庄腳囝子三餐沒有吃到飯，總覺得少了甚麼，想叫服務生送碗白飯給我。

剛要叫的同時，服務生送進來第七道菜，一個大盤子上面有二隻螃蟹下面裝有油飯，這油飯的香氣，逼的腦子已忘了自己吃了八分飽，好想大啖一大碗，還好沒有叫服務生送白飯來，不然就糗大了。

服務生：「這道菜是蒸紅蟳加米糕，紅蟳都是早上活生生的送到我們餐廳，廚師再來處理蒸煮，非常新鮮美味，米糕則是用糯米加香菇、芋頭，配上公司獨門配方煎炒而成，這絲絲的香味，一定會讓你們記憶深刻。這道菜名叫尋尋覓覓終相遇。紅蟳加米糕取其音『蟳蟳米米』，香菇加芋頭則是相遇，吃完這道菜，香氣終日縈繞口中，是一道喜宴菜。」

好一個蟳蟳米米終香芋，服務生將食物分到我盤上後，我迫不及待立刻送一大匙進嘴裡，真的比我平常吃的魯肉飯好吃數百倍，不到一分鐘，已把佳餚安置在胃中。我聽我媽說過，紅蟳是非常貴的食材，一般家庭平常根本吃不起，通常在有錢人家辦的喜宴中才吃得到，所以紅蟳我就慢慢品嚐，想把這味道永銘心中。

怡君：「蒲阿，我考你一個問題喔。」

從認識她到現在，所問我的問題我從來也沒答對過，連西魯肉為什麼沒肉都在考我，不知道又要考我甚麼不三不四的問題，不要怕，搞不好我會矇到答案。

我：「來啊，儘管考。」

怡君：「你知道我們吃的紅蟳是公蟹還是母蟹？」

靠，我哪會知道這些不正經的知識，她是把考倒我當作人生的一大樂趣嗎？答案二選一，應該不難猜，這紅蟳肉質這麼鮮美有彈性，一般雄性動物才會有如此彈性的肌肉，我應該不會運氣那麼背吧。

我：「當然是公蟹。」

怡君：「不對喔，是母蟹。你有看到嗎，那蟹肉旁橘紅色的部位是蟹黃，也就是母蟹的卵，公蟹是不會有卵的喔。」

靠，我真的很背，二選一都答錯。該不會怡君家是有錢人，常常吃大餐才知道這麼多。如果她家是有錢人，娶到她不就可以減少二十年的奮鬥，在酒精的催化下，讓我越想越興奮。

我：「妳怎麼知道的這麼多，妳家可能很有錢，常吃紅蟳才了解的喔。」

怡君：「我家不是有錢人，我祖母的父親是總鋪師，她常常聽我曾祖父說一些食材來源及做菜秘訣，在耳濡目染下也練就一身好手藝，剛才跟你說過，她做的烤雞鴨是全世界最好吃的。」

我：「喔。」

還好剛才沒太衝動說做我女朋友好嗎。不過我也漸漸了解到，一個人的聰明智慧，似乎可以修飾平凡的外表，讓平凡的長相可以變得甜美一些，怡君就是個好例子。

服務生又端了一道菜出來，是一條長相凶狠的魚，上面撒著青蔥絲，光看這魚的長相，血盆大口似乎要吞人，不用化妝就可猜出它生前在海裡是混黑道的，一定是個角頭。

服務生：「這道菜是清蒸虎斑魚，虎斑魚是台灣生猛海鮮裡的高級食材，比石斑魚好吃，海產要新鮮，才能用清蒸的方式烹飪，不然會有腥味，我們也加上一點日式烏醋，提升它的美味度。魚肉結實有彈性，紋理分明的口感令人永生難忘，吃在嘴裡，讓人感覺當下似乎迷惘陶醉在汪洋中。這道菜名叫虎口餘生匆促奔。」

來這邊吃美食還可以長些知識，『虎口魚生』指的是虎斑魚，青蔥加烏醋謂之匆促，用虎口餘生匆促奔對青蔥蒸虎斑魚來做命名，蠻饒富趣味。

服務生：「你們誰要吃魚頭，魚頭有很多膠質，多吃膠質可以讓肌膚水嫩有光澤。」

肖仔：「這當然要給蒲阿吃，他最需要了。」

大家異眼同望我這邊，點頭如搗蒜般，紛紛贊同。

我心裡想著，兄弟們是做球給我，魚頭分到我面前時，我再分給怡君，因為她比我更需要。

我：「怡君，這面目猙獰的魚頭還蠻大一個，我怕整個吃下去晚上它會來尋仇，我分你一點好嗎？」

怡君：「你又來了，你覺得我長相不好看，所以要我吃點美容菜嗎？」

我：「你千萬不要再誤會我啦，我剛已講過，你長得端莊高雅，清新脫俗，忍不住都會多看妳一眼，我純粹是好東西與好朋友分享。」

怡君：「好吧，看你這麼誠意，分一點給我好了。」

我：「服務生，麻煩你幫我分一點魚頭給我旁邊的小姐，謝謝你。」

紅雞和肖仔這次聽到後都不講話，反而露出奸詐的笑容，我知道我已經慢慢走入他們倆設下的圈套。

怡君：「這獨特的魚頭風味，真的好好吃喔，雖然已經很飽了，但是吃下去一點都不覺得脹，非常滑溜順口。」

我：「是啊，這灰色的膠質很像蒟蒻布丁，淡淡的鹹味，似乎把大海融入味覺中。下次再嚐到這味道或許是十幾年後了。」

怡君：「為什麼是十幾年後啊？」

我：「十幾年後開始賺錢，有些積蓄時才會捨得吃這種高級料理。」

怡君：「嗯，你說得有道理。你知道我們下道菜是甚麼嗎？」

我：「還有菜嗎？」

怡君：「剛到餐廳時你有拿菜單給我看，一開始我猜菜名是用食材中某樣菜的音來命名，結果與我猜的相去不遠。菜名我有記起來，下道菜是八仙過海洞先機，所以我問你知道我們下道菜是甚麼嗎？」

媽的，又來考了，我連還有沒有菜都不知道，我哪知道那麼多，考倒我以證明她的優越嗎。

我：「怡君，你的大腦可能異於常人，為什麼記憶力這麼好？下道菜你說了菜名我當然知道是甚麼菜。但是你先講，我看你猜的是否和我一樣。」

有時候我還蠻佩服我自己，雖然沒甚麼頭緒，但我反應快而且會耍小聰明，等怡君說完，我再來說我想的也是這個答案，如果都錯，也不會臉上無光，哈哈哈，我太聰明了。

怡君：「這裡有紙和筆，你先把答案寫下來，我再說我的想法。」

有時候現實是殘酷的，人外有人，天外有天，這當頭的棒喝，證明了我在怡君面前，只是一隻小蜉蝣。

我：「好啊，不過我先上個廁所，回來馬上寫。」

怡君：「好啦，蒲阿我跟你說，我猜下道菜是雞湯。」

我：「我們好有默契喔，我要寫的也是雞湯。」

怡君：「哪你還要上廁所逃避現實嗎？」

我：「我是真得急著上廁所，等下再聊。」

我只能說怡君真的料事如神，我心裡打甚麼如意算盤他都知道，只好藉尿遁來逃避我的尷尬。走到包廂門口外，果然一大盅烏骨雞湯已經準備進場了。我真的越來越佩服怡君的智慧，連我沒想要上廁所這點都被她洞悉，這麼敏銳的觀察力再加上超高的智商，難怪在學校名列前茅。不管怎樣，還是先上個廁所好了。

回到包廂，雞湯已經分好放在我座位前了。

怡君：「我跟你說，服務生說這道菜是用八角、仙草及一些中藥材燉補的烏骨雞湯，所以叫八仙過海動仙雞，這道雞湯可以活血補氣、強筋健骨促進新陳代謝及增加心肺功能，非常補的食物，可以延年益壽喔。」

我：「那我吃了以後會不會變成八百二十歲的彭祖。」

怡君：「你想太多了吧。而且彭祖不是因為健康活到八百二十歲，他原先壽命只有二十歲，因為他的孝行感動了八仙，最後八仙每人給他一百歲，彭祖才活到八百二十歲。你確定要變成彭祖，只活二十歲？」

我錯了，我真的不該開這種低智商的玩笑，在聰穎慧黠的女生面前，不打草稿的胡謅一通，只有自討苦吃的份。

我：「那我當百歲人瑞就好了。」我的臉有些嚴肅了。

怡君：「我跟你開玩笑，你不要緊張啦，我在學校偶爾會跟我的好朋友開開小玩笑，調劑一下生活，我把你當好朋友才跟你開玩笑喔。」

媽的，開這種玩笑讓我的賤嘴都快閉口了，看來蘭陽女中的學生不是省油的燈。既然妳說我們是好朋友，嘿嘿，我心裡打定主意，一個月內要牽到妳的手。

這場餐會我們男生都只顧和旁邊的女伴交談，較少一起交流，氣氛好像少了點熱絡，這時我們老大殺手出來講話了。

殺手：「兄弟們，今天餐廳的菜還可以嗎？」

肖仔：「這是從我出生到現在最好吃的一餐。」

紅雞：「從進餐廳到現在，我以為自己在天堂，今晚時光，我會永銘心中。」

我：「底哩休斯。」

肖仔：「蒲阿，我們兄弟只有你英文被當，你英文最破，居然用英文在發表意見。」

我：「沒辦法，人在情緒亢奮時總會激發出自己的潛能，所以我就用英文說發表一下意見，這餐廳的菜真的很美味。」而女生們也都紛紛贊同我的說法。

殺手：「蒲阿，那我應該早點帶你來吃，將你的潛能逼出，你英文就不會被當了，對不起啊。」

我：「老大，不要再虧我了啦，我的潛能就這麼一個英文單字，就算天天來這裡吃大餐，也無法打敗我的天敵。老大，感謝你今天帶我們出來見世面。」我趕快岔開話題，不然會成眾矢之的。

殺手：「其實今天帶各位兄弟出來吃飯，我是有一個要求。」

大家異口同聲：「甚麼要求？」

殺手：「惠華要當我女朋友最大的一個前提是要我戒菸，我知道抽菸上癮後要戒掉是一件困難的工程，但是我還是答應她了。戒菸也需要環境配合，所以我要你們三個一起和我戒菸，可以嗎？」

紅雞：「我的菸癮本來就不大，自從我認識秀芬後我就沒有抽菸了，我不用秀芬要求我，我很識相的。」

媽的，有夠狗腿，我怎麼記得幾天前才一起去體育館旁抽菸，現在居然說自己已經戒菸有成，為了追女孩子，甚麼下三濫的招數都可使出，或許這就是雄性動物的本能。

肖仔：「你們有在抽菸啊，抽菸對身體不好，而且違反校規，抓到還要被記過，殺手要求的好，一定要戒菸喔。」

靠，肖仔更狠，直接否認自己有抽菸，我會抽菸還不是你教我的，你的名言菸酒強身賭博致富怎麼忘了，現在撇得一乾二淨，就為了在女孩前保持乖學生的形象，不怕我揭開你醜陋的面具。

殺手：「很好，蒲阿，你呢？」

怡君：「蒲阿，我一進包廂就有聞到菸味，而且你身上菸味有點不好聞，抽菸對身體不好而且會傷害腦神經，我們都要考大學，要有最健康的身體應考，才能夠有好的成績，所以你一定要戒菸。」

秀芬：「怡君說的很好，我們女生都不喜歡抽菸的男生喔。」

連怡君和秀芬都一起勸我戒菸了，我有拒絕的理由嗎？

我：「殺手，你是我老大，你交代的事，我一定服從你，現在開始不抽菸了。」

現場響起一片熱烈的掌聲，大家都望向我這邊，好像我是萬惡之源，慶祝終於改邪歸正。這似乎也代表我們幾個兄弟在學校要過著循規蹈矩的學生生活。

最後服務生端上一盤擺飾非常漂亮的綜合水果，廚師用西瓜雕刻成一個鏤空大菜籃，裡面裝著各式各樣的水果，除了西瓜外有芒果、蘋果、水梨還有一些我也不認識的水果。服務生說最後一道是水果，名稱叫「因果修行春四季」，代表四季水果之意。我在想是否今日吃太好，殺生甚多，罪孽深重，所以最後一道菜要我們修行，往後才能擁有四季春的生活，阿彌陀佛，善哉善哉。

餐會到了曲終人散的時刻，殺手過來跟紅雞、肖仔和我擁抱，怎麼好樣有點「寒風話別離」的淒瑟，明天不是還要在學校碰頭嗎？還是因為吃完水果的修行而悟出人生之道？

殺手：「兄弟們，感謝你們協助，讓我可以追到惠華，日後你們有需要我協助的地方，我殺手一定赴湯蹈火在所不辭。我已經結完帳了，我坐計程車先送惠華回家，你們慢走，明天見。」

我們三個面面相覷，我們哪裡幫到他啊，唯一沾上邊的就是紅雞找他妹妹約到惠華一起出去郊遊而已。殺手個性就是性情中人，喝了一點酒，感動後就對兄弟們掏心掏肺，不愧是我們老大。

紅雞：「我要送秀芬回家，你們倆慢慢聊。」說完就往秀芬那走去，兩人也離開包廂了，真令我羨慕。

肖仔：「蒲阿，我也要送美玲回家，依我建議，你最好也送怡君回家比較好，我先走了。」說著說著美玲也跟肖仔離開了，這包廂又回到餐會一開始時我跟怡君獨處的情景。是他們三個設好的局嗎？要獨留我和怡君在一起，這時冷氣飄送過來的寒風更顯得淒厲，空氣中凝結著尷尬的氣息。媽的，兄弟們各個見色忘友，讓眼前的景緻降到冰點。不過剛才在吃雞湯的時候，我已下定決心，一個月內要牽到怡君的手，今晚就開始進攻吧。

我：「怡君，妳住哪邊？我送妳回家。」

怡君：「我住圖書館附近靠近你們學校旁，上次在圖書館有跟你提過啊。」

我：「妳如何來餐廳的？」

怡君：「我穿洋裝，騎腳踏車不方便，所以走路來的。你不用送我啦，我知道路怎麼走，宜蘭市的路我還蠻熟的。」

我：「我也是住圖書館附近，送你回去算是順路，而且妳說過我們是好朋友，既然是好朋友，我更應當護送妳回家。時間還不會很晚，我們慢慢走回去吧。」

怡君似乎在沉思，沉寂了約五秒鐘，她點頭了。這五秒鐘的矜持，讓我覺得度秒如年，還好她有答應，不然面子盡掃落地，傳開了，我蒲阿恐怕要搬離宜蘭市了。在我們這情竇初開的年紀，男女之間哪可能有純友誼的存在，搞不好怡君已經知道我的企圖了。

07 小試身手

我牽著腳踏車陪怡君往她家的路慢慢散步回去，宜蘭市算是較鄉下的城鎮，九點不到，路上已鮮有人跡，商家也大多休息了，走在靜謐的街頭，偶爾的蟲鳴聲異常悅耳，而灰濛的天幕更襯出明月的皎潔，我想在這醉人的夜色中，應該最容易培養感情。

我：「怡君，妳的功課這麼好，你是如何唸書的，可以跟我分享嗎？」先捧她最擅長的優點，再伺機而動，之後應該可以達陣。

怡君：「蒲阿我跟你說喔，我不是那種聰明型的學生，我是上課很專心回家很用功唸書的那一型，我一直相信勤能補拙，因為腦筋不是特別好，所以我比同學付出更多的時間在唸書。」

我：「怡君，妳太客氣了，你天資聰穎，讀書用功又有效率，成績才會那麼好。不像我，在教室如坐針氈，每一秒鐘都在等待下課鐘聲，所以學習狀況不是很好。我小時候被曾經老師告到家裡，說我屁股抹油都坐不住，老師在講台上課，而我總是在台下亂走動，我父親聽完很生氣，我還被他揍了一頓。」

怡君：「呵呵，看不出來你那麼調皮。」

我想女孩子笑了，應該是慢慢放下戒心，要投個慢速好球讓我打吧。嘿嘿，打從一開始我就認為追怡君不是一件很困難的事，就像喝水這麼簡單。

我：「從國小到高中我調皮的事可多了，你知道嗎，我唱歌非常好聽，原本要參加五燈獎歌唱比賽的，後來老師認為我選的歌不好，拒絕讓我報名參加。」

怡君：「你要唱哪首歌啊？」

我：「達啦……達啦……達啦達啦達啦……，聽過嗎？」

怡君：「呵呵，就是頑皮豹嘛。」

我：「從小我就是被頑皮豹附身，狗改不了吃屎，所以一直造孽到現在。」

怡君：「小時候我也很喜歡看頑皮豹，很又趣耶。」

怡君是否在暗示喜歡我這隻頑皮豹？嘿嘿，慢慢引君入甕，牽手之時指日可待。

我：「我不只喜歡看頑皮豹，只要有趣好笑的卡通、漫畫、短劇……，我都喜歡，像老夫子、小叮噹、怪醫秦博士……，都是我的最愛，我常常租來看。」

怡君：「這些漫畫都是都小學生在看的，你高中了，還在看這些漫畫。」

我：「高中生看漫畫代表擁有赤子之心，擁有赤子之心就永遠擁有美夢，而我的願望常常在美夢中才能實現。我昨天晚上還夢到我牽著一個女生的手，黃昏時漫步在海邊，看著夕陽餘暉映照在海面上，那晚霞踏著海浪曼妙在跳舞，我在夢中如癡如醉享受心中的悸動，真是美夢一場。」

怡君：「你的願望是擁有一個女朋友陪你看夕陽？」

我：「這不是我的願望啦。可控制的夢叫白日夢，無法控制的夢叫南柯夢。這兩種夢在現實中都是虛無飄渺無法實現，只能在夢中過過乾癮。我昨天的夢就是南柯一夢，是我沒辦法控制的美夢，也是老天爺恩賜給我的。」

怡君：「我很好奇陪你看夕陽的女孩子是誰？」

我：「因為我沒有女朋友，夢一醒只記得情節，長相我不記得了，只記得跟妳差不多高。」

為了要暗示追怡君，我已經瞎掰這夢境的劇情，怡君這麼聰明，應該聽得懂我說的人話吧。

怡君：「不記得長相這樣不是很可惜嗎？」

我：「不記得長相比較好，我可以想像她的容顏就是我喜歡的女孩，例如是你啊。」

怡君：「呵呵，蒲阿你真會逗人開心。」

我：「有嗎？我只是喜歡講真話吧了。」

我不知道這樣說有沒有觸動她的心弦，至少應該有感覺了吧，青春期的女生聽到甜言蜜語不是都會臉紅心跳嗎？我瞄了一下她的臉龐，被我猜到了，確實有一點點紅，也許我有喝點酒的關係，感覺上似乎我的臉比較紅熱。這次的近瞄，我發現怡君雖然長相較平凡，不過皮膚真好，水嫩水嫩的，有點想一親芳澤的衝動，我的雄性激素在作祟了。

接著雙方無語的窘況，隨著腳步沿途灑落。從民權路左折神農路後，依然是夜闌人靜的街道，神農路是我掌控的生活圈，從國小到高中，我都在這一帶活動，閉著眼睛都可以走回家。我們走到一家人聲鼎沸的冰店，在萬籟俱寂的黑夜，顯得特別喧囂。這家沒有店名的冰店，在地人稱為黑店，冰品綿密，入口即化，獨門特調的糖漿，將綿密的冰及好吃的料緊密纏繞，吃下肚後暑氣全消，是附近生意最好的冰店。

怡君：「你知道這家生意好的冰店叫黑店嗎？」

我：「知道啊。」

怡君：「你知道為什麼叫黑店嗎？」

我：「哈哈哈！」

我大笑三聲，聲音大到店裡原先人聲吵雜，突然全都安靜下來望向我倆，怡君的頭低下來臉突然漲紅，而我則張開口呆立。從認識怡君到現在，她問的問題我從來都不知道答案，即使有點保握的答案也沒答對過，好不容易問了一個我知道答案的題目，這種壓力的釋放，瞬間潰堤傾瀉而下，笑聲自然宏亮。

我：「對不起！對不起！」趕緊向店內的人群鞠躬道歉。

我：「怡君我跟你說喔，這家店約十年前剛創店，他們的冰俗擱大碗擱好吃，生意就愈來越好，夏天時很多人都會來光顧。隨著時間往後推移，老闆靠勢顧客多冰好吃，慢慢的價格越來越高，冰量也越來越少，原本俗擱大碗擱好吃，到現在變成貴擱小碗但好吃，所以附近的人都稱這家冰店為黑店。但因為冰好吃，顧客還是很買帳，所以人潮依舊是超多的。」

怡君：「這我知道，我也是在地人。」

我：「蛤，妳知道？」

怡君：「我本想你若不知店名綽號的由來，我要跟你分享我知道的原因。」

我：「喔，那是否跟妳知道的傳說一樣？」

怡君：「一樣啊。」

我：「我還欠妳一碗冰，要不要現在吃？」

怡君：「今天吃很飽了，有機會再讓你請好了。」

我：「欠你太久會不會生利息啊？到時候變成二碗。」

怡君：「會喔，不過利息多出的一碗請你吃。」

原來不是只有我會講些五四三的，功課好的女生偶爾也會打打嘴砲。

跟怡君話家常聊天感覺也蠻愉快的，好像有增加一點心靈的契合度，不知不覺已走到宜蘭農校對面巷口。

怡君：「蒲阿，我住這巷子內，謝謝你送我回家，後會有期。」

我：「妳住在宜蘭農校對面啊，全宜蘭縣最美麗的校園就在你家前院耶。」

怡君：「是啊，有時候我讀書累了，會到校園內走走，釋放解脫一下。」

我：「妳如果需要人陪或聊天就CALL我一下，反正我每天閒閒沒事做。」

怡君：「蒲阿，距聯考僅剩九個多月，要加把勁才能考上好學校，加油。」

我：「不然妳如果要去圖書館唸書也可以CALL我，我有不會的妳可以教我。」

我在想如果怡君要教我，像我這種程度，她大概要把全部的時間都花在我身上，她自己都不用唸了。

怡君：「好啊，有機會再一起去圖書館唸書。」

我：「我家電話號碼三二五四四八，三加二等於五，四加四等於八，很好記吧。你家電話幾號，可以給我嗎？」

怡君：「蒲阿抱歉，我家電話不方便給你，我家教比較嚴，如果男生打電話到家裡，我會被父親罵。」

我：「喔，知道了，要去圖書館再打電話給我好了。」

怡君：「嗯，好的，蒲阿再見。」

我：「BYE。」

原本以為怡君會很高興的把家裡電話給我，沒理由不給我啊，用家教嚴來塘塞好像蠻牽強的，也許我失算了，這似乎是一種挫敗，沒關係，我蒲阿是越挫越勇，等著瞧。

08

兄弟的情傷

來到光輝的十月，舉國歡騰慶祝，街道插滿國旗迎風飛揚，但是我的心卻無法跟著飛揚起來，從上次送怡君回家後已近一個月，她都沒打電話給我，她在矜持甚麼？女生不好意思打電話？或是吊我胃口？或是根本懶得裡我？每次家裡電話鈴聲響起，我總是衝過去接，但每次都是失望，連老媽都看的出來我在等電話，而我都編一些爛理由騙老媽沒在等電話。這種等待，竟讓心中有點酸酸的苦楚，莫非這是戀愛的傷痕。說到戀愛的傷痕，我倒覺得紅雞昨天在學校魂不守舍，一整天沒說一句話，連我們兄弟過去要跟他抬槓，他都揮手叫我們走開，與他的個性南轅北轍，搞不好有情傷，而且可能傷的不輕，晚上國慶日要拿火把遊行宜蘭市，到時候再來跟他聊聊好了。

這一年一度的國慶大遊行，從國小到高中每個學校都要派人參加，而我們學校則命令住宜蘭市的學生都要參加，沒正當理由不參加者還要記警告處分。出發前十分鐘，我還沒看到紅雞，按理說我們雖然很皮，但沒來要記警告乙節，我們都會服從，乖乖聽話參加，七、八年來都是如此，紅雞到底出了甚麼事呢？我趕緊找個公共電話撥到他家，他媽媽接的。

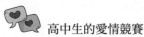

我：「阿姨，我是林正浚，林基鴻在家嗎？」

基鴻媽：「蒲阿喔，基鴻早上就出門了，說要去圖書館唸書，晚上要直接去學校參加遊行，你沒看到他嗎？」

我：「因為學校人很多，那我去找他一下好了。」

我心裡在想，紅雞應該是昨天跟秀芬鬧情緒，今天早上紅雞一定是跟秀芬賠不是，之後就連袂到圖書館去唸書了，真羨慕他們倆的感情升溫這麼快，到現在要遲到了也捨不得分離。此時肖仔剛好走過來。

我：「肖仔，有看到紅雞嗎？」

肖仔：「還沒看到，不知道他跑到哪裡去了。」

我：「喔，可能等一下就到了。」

肖仔：「那麼大的人，不會丟啦。」

我：「如果紅雞等一下沒來，你跟我去找他一下。」

肖仔：「不行耶，遊行解散後我約了美玲要去宜蘭河看煙火放鞭炮。」

我：「算了算了，我自己去找他好了。」

導師點完名，全班就他一個人缺席。遊行出發後，我開始有點不安，不知紅雞到底怎麼了。整個遊行我都像行屍走肉般沒有生氣，在空白的腦海中亂塗鴉，就這樣莫名其妙跟著走完全程，回學校牽腳踏車。我覺得應該到紅雞常去的幾個地方找找他。我先到殺手的租屋處，殺手不在，還沒回來。再到金六結後門的彈子房，問老朱，老朱說紅雞已經快一個月沒來過了。

再去他的母校宜蘭國中找找看，他最喜歡回母校享受以前榮耀的時光，臉上常常浮出領縣長獎時那抹驕傲的氣息，繞了大半天也沒看到他，折騰了一個多小時，我決定要去他家看看。

我：「阿姨，基鴻在家嗎？」我怯怯的問

基鴻媽：「蒲阿，你們倆不是剛遊行結束嗎？剛講不夠還要繼續講喔。」

我：「對啊，我們倆兄弟很有話聊。」

基鴻媽：「進來進來，他在房間，你上去找他吧。」

紅雞家我來過不少次，熟門熟路的，走過客廳碰到紅雞的妹妹惠娟，還跟她比個YA的手勢打招呼，我自個兒就上二樓紅雞的房間，敲了門。

我：「紅雞，我是蒲阿，開個門吧。」

十秒鐘後，紅雞無精打采的開了門，眼睛似乎有眼淚的餘漬，走進房間，一股苦澀的味道迎面而來。

我：「兄弟，怎麼了？」

紅雞：「蒲阿，你是除了我父母外最關心我的人。」

我：「咱們是兄弟，我不關心你，那要關心誰？是不是和秀芬鬧彆扭？」

紅雞：「蒲阿，說你粗枝大葉嘛但你又心思細密，真的被你看出一些端睨。」

我：「我哪有心思細密，遊行都不參加甘願被記警告，這不是你的作風，除非有甚麼撕心裂肺的事情，否則你用爬的也都會來參加遊行。」

味道。

又是一陣長達二分鐘的沉默，紅雞呼吸吐出來的空氣真的帶著哀悽，難怪房間充滿苦澀的味道。

紅雞：「蒲阿，我的心被傷的很重。」

我：「我不是跟你說過，這場競賽已經結束了，醒醒吧。」

紅雞：「我也跟你說過，我打從心底喜歡秀芬，即使用盡生命最後一滴血，我都想得到她的芳心，我已深陷在其中。」

我：「你是怎麼被傷到？」

紅雞：「前一陣子，我跟秀芬有聯絡，我也覺得我們之間感情慢慢在熱絡。二天前我覺得時機成熟，晚上大膽跑到她家去按電鈴，結果是她爸爸出來。」

我：「你會食緊摒破碗。」

紅雞：「就在她家門口，她爸爸大聲嚴厲訓了我一頓，『你是甚麼東西，都要聯考了，談甚麼戀愛，成績爛到沒有前途還敢來找我女兒，你考得上國立大學嗎？你憑甚麼跟我女兒交往？……，你再來我就打斷你的腿』。後來我回嗆他幾句，之後他也叫秀芬出來訓斥，秀芬也跟她爸說，跟我只是普通朋友，保證以後不會再跟我見面。」

我：「我是覺得秀芬因為受她爸爸脅迫才會這樣說，搞不好之後會再偷偷跟你約會。」

紅雞：「我原本也是這麼認為，回到家，我請我妹妹打電話給秀芬，秀芬已經明白跟我妹說以後不會再和我一起出去了。」

我：「媽的，成績有那麼重要嗎？王永慶不是只有小學畢業，企業也做得那麼好那麼大，身價用佰億計算。」

紅雞：「當時情急之下，我就是用類似讀書不一定有用的話回嗆秀芬他爸，他爸的臉立刻漲的面紅耳赤。」

我：「喂，你的情緒管控能力真的很低耶，你怎麼可以嗆你的未來岳父。」

紅雞：「嗆完後我也很後悔，我看他臉色很難看，立刻向他道歉。」

我：「這道裂痕你可能要花一些心思跟時間來修補了。」

紅雞：「所以昨天很不好意思，我還沒走出傷痛，情緒非常低落，所以就沒搭理你們。今天我也是一大早就出門騎腳踏車去散心，索性就不參加遊行了。」

我：「兄弟一場，無論你有多大的傷痛，我都願意分攤，以後不要不理我們。」

紅雞：「蒲阿你知道嗎，為了要培養這段感情，我投入了畢生的精力，絞盡腦汁，為了就是博取秀芬的歡心，你看我煙也戒了，撞球間也不去了，跟她說話也不再浮誇，有時間就想好好陪她讀書。這樣的付出，她卻幾句話結束我的熱情，這種感覺就像拿利刃在我的心上千刀萬剮。」

我：「被利刃傷得越重，這段情就會越刻骨銘心。」

紅雞：「也許我的刻骨銘心是她的雲淡風輕。」

我：「我看的出來，秀芬不是這種人，先沉澱一陣子再說吧。」

紅雞：「那麼好放下我就不會那麼痛了。」

我：「對兄弟也好對秀芬也好，你最大的缺點就是太重情義了，想開一點吧。」

紅雞：「蒲阿，你覺得接下來我該怎麼做才好？」

我：「紅雞，講真的，兄弟裡面就你頭腦最好，是塊讀書的料，從現在開始努力用功讀書，考個國立大學來報復這情傷，說不定到時候秀芬還會回頭來找你。」

紅雞：「……。」

我：「紅雞，我雖然不會講甚麼大道理，但我非常明白目前你處的情勢，你應該照我的話去做，保證將來一定會逆轉勝。」

紅雞：「蒲阿，謝謝你來陪我聊聊，我心情比較舒緩了。」

我：「兄弟最大的功用就是在你人生最低落的時候拉你一把，不要見外了。明天你和我去找導師求情一下，今天晚上你沒參加遊行的事請他不要往上報，我們導師就是刀子嘴豆腐心，關鍵時刻他不會落井下石。」

紅雞：「嗯，好啦，蒲阿，還是要謝謝您。」

我：「我先回家了。」

紅雞心情好轉一些，送我下樓，走到一樓又碰到紅雞妹妹惠娟，我把她拉到一旁，在她耳邊呢喃一下。

我：「惠娟，明天幫我傳個話給你學姊高怡君，請她打電話給我，我有事找她。」

惠娟：「她有你家的電話嗎？」

我：「我已經給過她了。」

惠娟：「沒問題，一定幫你傳到。」

我：「謝謝喔。」

我趕緊到門口跟紅雞道別，今天晚上我覺得過得還滿有意義的，把悲痛的紅雞止血一番，希望他能振作讀書，重拾國中時代的雄風。

而隔天，我陪紅雞去找導師認錯，我們導師就是那種為了你成績好，會不擇手段逼人唸書，逼到我們跪地求饒，但在現實生活中的緊要關頭，又會像家人一樣扶持關心，是宜蘭高中少見的好嚴師。紅雞把他的情傷毫無保留說給導師聽，導師也說了很多安慰的話，這些話雖然老套，不過對身陷谷底的紅雞也起了拉拔的作用。導師就如同我說的一樣，刀子嘴豆腐心，沒把紅雞未出席遊行的事報到訓導處，紅雞也逃過被記警告的處分。而我在上課時也偷瞄一下紅雞，我發現他正在轉變，銳利的眼神直盯黑板，手上的筆如行雲流水般在運轉，而下課也在座位上看自己的書，我似乎感覺到一隻猛虎即將出匣，即將在大學聯考的戰場上大顯身手。

殺手放學後已經不再像從前那樣找我們去他的租屋處耍廢，我猜應該都跑去找惠華，紅雞下課後也不像往常那樣跟我們打嘴砲聊天，自個兒在K書，放學後書包一收拾就趕回家唸書，而肖仔放學後也跟以往不同，也沒找大夥抽菸打屁，很神秘就消失我的視線範圍。我發現我處的世界起了重大改變，對周遭的環境變得很陌生，高二分組後有些同學已同窗一年多，我還叫不出他們的名字，甚至一句話都沒講過，我覺得我也應該要改變一下，多與其他同學交流，多參加一些學校公益服務，也要多唸一點書，放學後打完籃球立刻回家，我想這改變是正向的。不過回到家吃飽飯開始唸書，三十分鐘後，又故態復萌，東摸摸西摸摸，俗語說「君子立恆志，小人恆立志」，像我這種常常在立志的小人如果要變成立恆志的君子，應該是很難。

這晚又是個孤獨的寧靜夜，剛看完漫畫躺在床上冥想放空準備休息，而尖銳的電話鈴聲猶如一把利劍，將低垂的夜幕劃的支離破碎，就像無雲的夜空突然打雷閃電一般，還好我的身體算健康，若身體狀況差的，聽到這尖銳的鈴聲，可能會腦中風。這麼晚，都快十一點半了，不知哪個「俗啦」會打來，若是我不認識的，先賞個三字經給他，再跟他說你打錯了，我踉蹌的跑到客廳接電話。

我：「喂，找誰？」

「你是蒲阿嗎？」電話那頭一個熟悉的聲音輕聲叫著。原來是怡君，是我夢寐以求的電話，原先心中的不爽立刻煙消雲散。

我：「嗨，怡君。」

怡君：「這麼晚還沒睡啊？」

我：「在等妳電話啊。」

怡君：「呵呵，你少來了，你找我甚麼事？」

我：「上次送妳回家時，經過黑店，想到欠妳一碗冰很久了，希望趕快還妳，怕會長利息，到時還不完。」

怡君：「喔，這件事啊，你不要放心上，等大學聯考完後再讓你請。」

我：「那還要七八個月耶，到時候黑店若再漲價，妳要自己負擔差額喔。」

怡君：「蒲阿，你有那麼小氣嗎？一塊錢打二十四個結。」

我：「當然不會呀，只是想約你出來，一起到圖書館唸書順便吃碗冰，上次我們四個人到圖書館唸書，紅雞數學考班上第一，我考第二，效果非常好。」

怡君：「……。」

我：「妳怎麼不講話了，我講錯話了嗎？」

怡君：「蒲阿，我可能沒辦法跟你一起去圖書館唸書。」

我：「為什麼？」

怡君：「蒲阿，我必須告訴你一件事，離大學聯考只剩七個多月，我的頭腦並非頂尖聰明，我要花很多時間專心在新的學程及複習舊的課業，一旦跟你到圖書館去唸書，我沒辦法專心，會浪費很多時間。」

我：「你的意思是我會問你問題，然後吵到你？」

怡君：「蒲阿，你為人細心體貼，心地寬厚善良，口才好，說話又幽默風趣，我不得不承認，你對我來說，是很有魅力，我怕我會陷入情海，到時無法自拔，大學聯考會考的很糟糕，所以就沒跟你聯絡，請你諒解。」

我：「妳剛好講到我內心深處對妳的感覺，不過因為我本來成績就不太好，所以縱使我陷入情海，大學聯考的結果還是不會有甚麼差異。」

怡君：「蒲阿，希望你能用功讀書，考上大學後去實現你的夢想。」

我有什麼夢想？我自己都不太清楚，現在唯一的夢想就是牽妳的手漫步花海中。

我：「嗯，謝謝妳，我會加油，希望明年妳能考上台清交成。」

怡君：「我一定會努力。」

我：「明年大學聯考後我會還妳這碗冰，很晚了，妳休息吧，再見囉。」

怡君：「嗯，再見。」

我要趕緊掛上電話，因為我的眼眶已經有著酸酸的濕潤，再說下去有可能會抽搐。我也能體會當時紅雞心中受傷的痛楚，因為我剛經歷了，雖然沒有紅雞那麼深，但一樣是被拒絕的悲慟。然而怡君真的是一個善良又體貼的好女孩，在拒絕別人的同時，會站在對方的立場著想，怕去傷害對方，所以會說一些類似冠冕堂皇的理由委婉拒絕，此時我心裡有著甜甜的哀傷，因為她居然說，我對她來說是很有魅力，讓我被騙得很高興。當時在今日餐廳吃飯時，探索怡君內心深處對我的感受，我判斷只要我啟動追怡君，應該不費吹灰之力就可手到擒來，原來這一切都是我自己的幻覺。剛踏出交女朋友的第一步就被三振了。我越來越相信算命先生的話「夫妻宮空虛，交女朋友會比較困難，可能會獨身一輩子。」

09 出事後的喜悅

今年的冬天來的特別的早而且又特別的冷，聽長輩說早寒的冬季，會發生一些令人毛骨悚然的事件，若真會發生，我絕對不會在意是半夜走在路上碰到阿飄或是殭屍跳進我房間，在這星期天的清早，就是要努力的睡覺，「睡覺、睡覺、睡覺」就是我休息日早晨的使命，即使天塌下來我都不會覺得驚悚。

「蒲阿，電話啦。」老媽在客廳用高音頻的聲量叫嚷著，我覺得鄰居應該都不用訂報紙了，以老媽說話的大嗓門，大到國家大事，小到明星的八卦，只要半天的時間，就可以傳遍鄰里了。

媽的，這麼早是誰打來，擾我的清夢。

我：「喂。」

殺手：「蒲阿，我殺手啦，過來我租屋這邊一下，有事找你討論。」

我：「我睡的正甜，你該不是找我打牌吧，你交了惠華後，也很少理我了。」

殺手：「過來再說，快。」

我實在不想星期天早上九點多就出門，要不是因為殺手是我們老大，否則我才懶的理人，沒辦法就這樣睡眼惺忪的騎著腳踏車過去。在門外剛好肖仔也到了。

我：「肖仔，殺手怎麼了，怎麼一大早就找我們過來？」

肖仔：「殺手出事了，聽說出人命了。」

聽到後，我嚇了一大跳，早寒的冬季，果然出了令人毛骨悚然的大事，我的睡意立刻全消。殺手雖然是我們老大，但我們從來也不會做出傷天害理的事情啊，怎麼會這樣，鬧出人命。

我：「我們來勸殺手投案，這樣可以減刑。」

肖仔：「殺手沒殺人，我聽他說惠華懷孕了，出了一條新的人命。」

我：「靠，害我嚇一大跳，原來是出這種人命，是喜事一樁，我們趕快進去恭賀他吧。」

按了電鈴，殺手無精打采來開門，整個人失魂落魄的樣子，好像經歷了幾世的滄桑，拖著沉重的腳步回屋內，眉頭緊鎖的癱坐在沙發上。

我：「殺手老大，看你心事重重的樣子，到底發生了甚麼事啊？」

一陣的沉默，我和肖仔都不敢說話。

殺手：「昨晚惠華告訴我，她說好朋友已經一個多月沒來了，她非常擔心。後來我帶她去診所檢查，醫生很高興的告訴我們，惠華懷孕了。為了這件事，我整晚幾乎沒睡覺。」

我：「哇，恭喜老大，沒想到你沒有唬我們，當你要出手追女朋友時，一定手到擒來，你果然不是理論派，是實務派的大師。」

殺手：「恭喜個屁啊，我還沒準備好要當爸爸。」

肖仔：「還沒準備好當爸爸，你們也太不小心了。」

殺手：「防護措施都做的很好，沒想到還是發生這種事。」

肖仔：「老大，可能你的蝌蚪生命力太強，穿透所有的防護措施，惠華才懷孕。」

殺手：「肖仔，你少說風涼話了，找你們來是想討論我下一步該怎麼辦？」

我：「老大，既然惠華懷孕了，你們就早點結婚，把孩子生下來吧。依你們家的條件，要養十個孩子也不成問題。」

殺手：「蒲阿，你說的沒錯，我們家經濟條件好，養小孩不是問題，可是我不想這麼早就被婚姻絆住，我想要自由自在的繼續生活。」

我：「老大，你愛惠華嗎？」

殺手：「惠華那麼美麗大方，心地又善良，當然愛。」

我：「那就對了啊，往後你再繼續遊戲人間，我想也碰不到像惠華條件一樣好的女孩了。說現實點，對惠華來說，也許她以後再也找不到像你一樣的金龜婿了，你們本來就是一對令人稱羨的金童玉女，為了這段美好的姻緣，一定要把小孩子順利生下來。」

殺手：「可是我真的還沒準備好要當爸爸，而且我也不夠成熟穩重，根本沒資格當爸爸。」

我：「惠華怎麼想？」

殺手：「她驚嚇過度，哭了一陣子，也手足無措。」

我：「老大，你這時要更像男子漢，用最堅強的態度來面對，無愧惠華將終生託付給你。依你領導我們的作為，我相信你絕對是個好爸爸。」

殺手：「我想了一晚，我想拿掉孩子。」

我：「阿彌陀佛，我佛慈悲，你絕對不可以造嬰靈。這孩子跟你們有緣，才會降臨找你們，是老天爺恩賜給你們的禮物，絕對絕對不可殺生。」我提高音量對殺手說話。

肖仔：「老大，我也認同蒲阿的說法，先結婚生小孩，再來就是過著像童話故事裡的結局一樣，王子公主從此過著幸福快樂的生活。」

殺手：「你們建議的我也想過，可是這樣我就會害了惠華，她就沒辦法考大學聯考，沒辦法過大學生的生活。以她的資質，考上台清交成應不是問題，我真的害了她。」

我：「考上大學就是要讓我們將來更容易在社會上生存，既然惠華嫁給你，有你們家雄厚的經濟後盾，將來唸大學也只是充實自己，沒有就業的壓力，其實唸不唸大學已無所謂了。」

肖仔：「是啊，你看以前皇帝的貴妃們，有誰會想要去唸書。」

殺手：「不知道要怎麼跟我父母講這件事。」

我：「就實話實說嘛。我要是把我女朋友懷孕的事告訴我媽，我想我媽大概會像宜蘭大拜拜般，辦個三天三夜的流水席，然後把這消息放送到全國每個人都知道。」

肖仔：「我媽大概也會很高興，多個人丁，六畜興旺。」

我：「對的，肖仔的小孩是畜牲，畜牲當然生畜牲。」

肖仔：「哭夭喔，死蒲阿。依你的作為，那你生的小孩一定是禽獸囉。」

殺手：「好了啦，你們兩兄弟不要吵了啦，找你們來是要討論事情，不是來鬥嘴的。」

我：「是是，老大，不過我真的是要恭喜你，邁入一個新的人生里程碑，當爸爸後，你依然是我們老大，我隨傳隨到，供你差遣。」

肖仔：「沒錯，我們依然是兄弟，不論將來我們年紀有多大，有空時還是會常聚首。」

殺手：「有你們這群兄弟我真的很滿足了，也希望大學聯考後，紅雞重回我們的懷抱。」

我：「相信我，他一定回來，而且一定功成名就的回來。」

殺手在我和肖仔的遊說下，帶著惠華回雙方父母家，並據實稟告，雙方家長雖然一開始非常錯愕，但後來也都欣然接受，尤其殺手媽媽，真的是樂不可支，準備給這對新人辦個豪華又隆重的喜宴。

就在寒假除夕的前一週，殺手父母為這對新人舉辦了一場隆重的婚禮，地點選在頭城火車站旁的運動場空地，席開一百三十六桌，聽殺手說光外燴餐飲部分就請了六個團隊來負責，而地點選在火車站旁，方便各地親友搭火車前來，現場真的是盛況空前。由於是男方舉辦的婚宴，女方親友很少參加，只有惠華的至親有來，沒見到她的高中同學來參加。而我們班則由導師帶隊，五十位同學幾乎到齊，今天他特別收起樸克臉，與大家在婚宴中話家常同樂，不時傳出與他個性背道而馳的笑聲。對我們來說，這是參加人生第一場屬於自己同學朋友的喜宴，無論住的多遠，還是要趕過來參加。原先我們大家還在討論要如何包紅包，熟的包陸佰元，不熟的包貳佰元等等，後來殺手告訴我們，人來就好，他們家這次喜宴沒收紅包，害我們同學間白討論了一陣子。我在想往後的人生還有機會參加這麼大型的婚宴嗎？殺手把我們同學桌安排在前方靠近舞台的位置，離主桌也很近，可以很清楚的看見這對新人，我站起來往後看，快看不到喜桌的盡頭，有點像在做醮大拜拜的場面。而這對新人打扮起來。男的俊俏，女的艷麗，真的是一對郎才女貌的金童玉女。在主持人介紹完新人及雙方主婚人後，第一道菜上來，新人及雙方家長就出來沿桌敬酒了，試想一百三十六桌，每桌一分鐘都要二個多小時，如果不早點出來敬酒，恐怕喜宴結束，還有人沒敬到酒。而紅雞自從發憤圖強後，就鮮少在休閒場合露臉，為了殺手的婚宴，還特地甩開書本來參加，我和紅雞及肖仔也很久沒坐在一起喇豬賽了。

我：「紅雞，上學期你的學業成績跟之前比起來，進步到幾乎判若兩人，先預祝你考上大學。」

紅雞：「蒲阿，我一二年級的課業落掉太多了，現在補得有點辛苦，高三上這學期的學業還行，但模擬考範圍加大後，就比較差了。」

我：「少年仔，你月考已在班上前五名了，表示你的實力也是頂尖一族，等你把一二年級的課業補起來，考上台清交成應該不是問題。」

紅雞：「希望如此，我會努力加油。」

我：「還會想秀芬嗎？」

紅雞：「說不想是騙人的，但沒有以前激烈了。」

我：「你一定要加油，到時候拿大學聯考成績單去秀芬家把她牽出來。」

紅雞：「我現在這麼用功讀書，目的也是要證明給他們家人看，只要有恆心毅力肯付出，一樣可以考上大學，我就是要用這種精神追秀芬，到時他們家人就沒有理由拒絕我了。」

我：「這樣算起來，秀芬跟她爸是你的貴人，讓你發憤圖強。」
紅雞：「或許算吧，我若考上大學，到時秀芬會不會跟我在一起，那還要看緣份。」
我：「這我懂，我覺得有時候緣分可以自己創造出來，表面上看沒有緣分，藉由其中一方死纏爛打，最終還是會達陣。」
紅雞：「好的，我謹記你的教訓。講真格的，我覺得你該收收心，好好用功，到時考上大學，我們兄弟聯袂去追女生。」
我：「好啊，我們一起追秀芬，看到時是落入哪個狼口。」
紅雞：「不是一起追秀芬啦，是我追秀芬，你去追她的閨密。」
我：「喔，你怕我們一起追秀芬，到時會被我搶走，哈哈哈。」
紅雞：「蒲阿，我們兄弟不要鬩牆吧。」
我：「我開玩笑的啦，我等你甩掉秀芬後我再去追。」
紅雞：「我如果追到秀芬後，除非把我手剁掉，否則我不會放開她。」
我：「看來我得去準備一把菜刀剁你的手了。」
紅雞：「好啊，你剁我的手，我就剁你的命根子，讓你們林家絕後。」
我：「我的胯下突然覺得好像已經空無一物，紅雞，我認輸了。」
紅雞：「言歸正傳，我覺得你真的該收收心，好好用功，為將來拚一下。」

我：「你也知道我不是塊讀書的料。」

紅雞：「我知道你不是塊讀書的料，但是你絕對是塊應付考試的料，加油吧。」

我：「兄弟，謝謝你啊，我會開始嘗試用功讀書。」

雙方家長帶著殺手及新娘過來我們這桌敬酒，原來就漂亮清秀的惠華，經過裝扮後更顯得美艷動人，比第一線的女明星更加迷人，將來我女朋友有她十分之一美麗，我蒲阿就算是上輩子有燒好香了。經過同學們的起鬨瞎攪和，把新郎和新娘手上的茶拿開，讓這對新人都喝了一杯純紹興酒，若照這樣灌下去，新郎新娘鐵定半途就要舉白旗回新房睡覺了，雙方家長趕緊將這對新人帶到下一桌。看著他們幸福的影子，只能羨慕的祝福這對新人白頭偕老、永浴愛河。

下學期開學後，殺手把租屋處退了，每天都回頭城照顧他新婚的老婆，而惠華嫁入豪門後，將來不愁吃穿，也從蘭陽女中辦休學了，專心在婆家顧身體，準備迎接一個新生命的誕生。紅雞依舊延續上學期讀書的氣勢，努力用功著，為自己的前程和心愛的人打拼著。而肖仔常常下課後，就去找他的美玲，不知是唸書或是談戀愛，還是做一些不可告人的事，不得而知，他從來不跟我們分享。而我也聽進了紅雞的話，開始唸書準備考大學，只是唸書啟動太晚，成績雖有進步，但是模擬考還是不太理想，離考上大學還有點距離。對我這種散漫不喜歡唸書的人來說，埋首書堆中真是一種無聊又無趣的行為，如果把書本換成漫畫本，我鐵定會精神煥發的做一個書呆子。但回頭想想，紅雞這個兄弟對我的鼓勵和影響，不得不做這些浪費生命的舉動，希望大學聯考時，菩薩可以保佑我考運好，沾到大學的邊，那我蒲阿就沒有白費這段時間的努力，也沒有枉費老天爺賜給我的小聰明。

高三下這學期殺手在惠華的一對一教導下，成績明顯進步，已不再吊車尾了。肖仔也因為美玲在課業上的協助，成績也往中段班進步中，紅雞的成績則是遠遠凌駕我們兄弟，一枝獨秀，已在班上名列前茅了，考上大學已不成問題。畢業典禮這天，大家都在興高采烈的慶祝煎熬的高中生活的結束，而即將展開一個新的人生里程碑，我們把畢業證書收進書包後，我們幾個兄弟大剌剌的坐在操場邊閒聊抽菸，這是針對高中威權體制的一種示威，就連教官看到我們也都笑笑的說：「同學，菸少抽一點，會影響身體健康。」

我：「姜教官，要不要過來跟我們哈一管，聊聊天啊。」

教官：「菸還是戒掉的好，總有一天你會懷念教官講的這句話。」

我：「教官，我們來合照一張相，等我想念你時，我會拿相片出來緬懷。」

於是姜教官就跟我們四個人合拍了一張照片，除了紅雞戒菸外，我們三個人都把菸刁在嘴巴上跟教官合照，這張照片也正式為躲躲藏藏的抽菸日子劃上句點。

我：「紅雞，你大學聯考填那些志願啊。」

紅雞：「我也不知道我興趣在哪，就依去年聯考分數的順序填下來。你們呢？」

殺手：「我也是，不過我喜歡建築，建築系一個也沒漏掉，依照我目前的成績，應該要重考了。」

我：「惠華成績那麼好，一定可以拉你上去。」

殺手：「我對不起惠華，讓她沒唸大學就生小孩，我會好好照顧她一輩子。」

紅雞：「殺手老大，結婚後你真的越來越成熟穩重了。」

我：「肖仔，你呢？」

肖仔：「我填什麼志願我自己也不太清楚，都是美玲幫我填的，我覺得我重考的機率也是蠻大的。蒲阿，你呢？」

我：「能填得志願有限，不會上的學校科系基本不去填，以免浪費志願卡空間，我把去年最後的那三十個科系一個都不漏的填上去，希望幸運之神眷顧我，能不重考，那就代表我平常有燒好香囉。」

紅雞：「蒲阿，你常說高中聯考你唸二個禮拜就考上宜蘭高中了。這次大考你已經唸了二個多月，左手寫都可以考上大學囉。」

我：「紅雞，不要虧我了，這是考大學，不是在烤豬肉，報名考大學的考生都來自各地區的名校，能混到一個科系唸，算是祖先保佑。這二個多月我也不是很認真在用功準備，有一搭沒一搭的，聽天由命了。」

紅雞：「剩最後二星期了，兄弟們加油，衝吧。」

我們四個人異口同聲：「GO GO GO！！！」

10 晴天霹靂

終於熬過七月一、二日大學聯考的折磨，心中也瀰漫著絲絲喜悅，因為對過補習班發的答案，除了英文印象模糊沒對答案外，將近有270分，英文雖然沒有對答案，但以平常模擬考的分數20分計算，我比去年最低錄取分數還多出近20分，我從班上成績墊底到考上大學，不用重考，只用了不到三個月的時間，哈哈，我真的是一個天才，那我認真讀起書來，不就跟紅雞一樣厲害，不過真的要感謝列祖列宗及菩薩保佑，讓我讀到的內容考了不少。

老媽：「你考得怎麼樣？考得上大學嗎？」

我：「安啦，你兒子的智商跟愛因斯坦差不多，我若沒考上大學，宜蘭高中大概沒人考得上。」

老媽：「真的喔，恭喜喲。愛因斯坦是誰啊？」

我：「跟你講不清啦，我準備去台北唸大學了，不要想念我喔。」

老媽：「讚啦，記得趕快交個女朋友回來給我看看。」

我：「好了，依我這張帥臉，要交幾個就有幾個，等我好消息。」

老媽：「你這種愛臭屁的個性，到底是遺傳你爸還是我？」

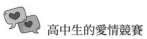

我：「我這種低調內斂的性格，就是遺傳你們兩個綜合後的優點。」

電話鈴響，還沒等老媽回話，我趕緊跑去接電話。

我：「喂，請問找誰？」

「蒲阿媽？」電話那頭一個令我驚喜的聲音輕聲叫著，是怡君，大學聯考結束了，來自投羅網了。

我：「嘿，怡君，我在電話旁等妳三天。」

怡君：「你真會吹牛耶。」

我：「哪有吹牛，我曾說大學聯考後我會還妳一碗冰，我相信妳一定會來要債，所以我就一直在電話機旁等著，等了三天終於等到了。」

怡君：「我不是來要債的，我是有事來請你幫忙的。我先問你一下，大學聯考考得如何？」

我：「對我來說，考得還行吧，應該有學校可以唸。那你考得如何？」

怡君：「馬馬虎虎，最後拚幾個月，應該會有一些成效。」

我：「恭喜妳完成夢想，考上台清交成，這麼值得慶祝的事，那我就請妳去黑店吃冰慶祝囉。」

怡君：「好啊。有件事想請你幫忙不知你願不願意？」

我：「只要是妳交代的，赴湯蹈火在所不辭。」

怡君：「你會想要重考嗎？」

我：「我迫不及待想當大學生，怎麼會想去重考。」

怡君：「那好，你是否把高一到高三數學、物理、化學不要的參考書給我，我有幾個家境較差的學妹，想幫她們募書送給她們。」

我：「那找我就對了，我的參考書基本上都沒甚麼用，幾乎跟新的差不多，原本想拿去燒掉，剛好妳來要，就全部送給妳。」

怡君：「好，那我們下午三點在黑店碰面，可以嗎？」

我：「好啊，不見不散喔。」

為了幫怡君的忙，我袋子裝了十八本的參考書，二點五十分辛辛苦苦的背到黑店，希望獻書這一招，很快就能牽到怡君的手，等一下順便把書背到怡君家，就知道她住哪了，越想越是得意，兄弟們，我要讓你們刮目相看。

三點一到，怡君非常準時的用她招牌的瞇眼笑容，出現在黑店，還帶了四個女生一起來。不會吧，我只需正宮一人，不需後宮佳麗三、四人，看來我今年除了考試順利外又開始走桃花運囉。

怡君：「嘿，蒲阿。」

我：「大家好啊。」

怡君：「他就是我跟你們說的宜中蒲阿，心地善良、幽默風趣的大男孩。」

我：「請多多指教。」

怡君：「這位是郭慈芳，大家都叫他小芳。這位是……，」怡君熱絡的介紹著。

怡君：「蒲阿，你的參考書有帶吧。」

我：「有，在這裡。」我把背包打開，拿出所有的參考書。

小芳：「哇，書好新啊。你書都沒甚麼用就考上大學，好厲害唷。」

這句話不知是在褒我或是貶我，我的書本來就是買來心安用的，我又不喜歡讀書。

怡君：「妳們就自己選缺的參考書吧。」

一會兒功夫，四個女生每人手上都拿了四、五本，高高興興的道謝後就離開了，看來我的後宮佳麗來的快去的也快，一陣風就把桃花的花瓣吹落滿地，桃花運很快的隨風而逝。

怡君：「蒲阿，你要吃甚麼冰？我請你。」

我：「不能讓妳請，說好了我請妳，如果讓妳請，越欠越多，我怕一輩子也還不完。」

怡君：「可是你今天幫我那麼大的忙，不請你我良心不安。」

我：「不要客氣了，我們先清舊帳，等大學聯考放榜了，你上台清交成後，就不是吃碗冰那麼簡單喔。」

怡君：「嗯，那我吃碗紅豆冰。」

紅豆生南國，春來發幾枝。勸君多采擷，此物最相思。怡君是否對我有膨湃的思念情緒，才吃紅豆冰，藉此暗示對我的思念，哈哈，我最懂女孩子的心了。

我：「好，我去點。」

我點了一碗四果冰，紅豆加四果，希望能有好結果，趕快牽到怡君的手。就這樣一人一碗冰，聊了三十多分鐘，她都在聊讀大學以後那些雄偉的抱負，碰到這種正經八百的女生，我只有附和的份，我壓根兒都沒想過我以後要幹甚麼，所以也沒辦法談自己的理想。

怡君：「放榜後你想吃甚麼東西，我請你。」

我：「我想吃今日餐廳……。」

我話都還沒說完，她就一臉驚訝的插話。

怡君：「蒲阿，我恐怕沒那個能力請你喔。」

我：「我是說，我想吃今日餐廳那些奇怪的菜名，由妳來發明一道，煮給我吃，妳看如何？」

怡君：「你很會強人所難耶。」

享用完這場冰宴，我對怡君的好感度慢慢提升，或許心靈上的契合，可以慢慢用時間修飾一個人的面容。是的，怡君越來越可愛了。我們往她家的路上牽著腳踏車慢慢散步回去，這種浪漫的電影情節，居然發生在我身上，這是菩薩對我的疼愛，我必須珍惜，但可惜的是依然只到巷口，仍然無法知道她住哪一間房子。

大學聯考之後，整天無所事事的晃日子，晃到了八月八日父親節，也是聯招會寄發成績單到學校的日子，我想今年最好的父親節禮物就是拿大學錄取成績單獻給父親。以往的父親節，面對嚴厲的父親，從不曾說過父親節快樂之類的話，更遑論買禮物了，因此隨著年齡增加，父子之間的鴻溝不斷的加深加寬，或許考上大學，可以拉近一些距離。今天約了紅雞、肖仔一起返校拿成績單，我雖然有信心考上大學，但未拿到成績單前，心中難免有些忐忑不安。我們三個人一起到學校教務處，教務處前一片人山人海，都是返校來拿成績單的學生。

我：「紅雞，你的落點大約在哪邊？」

紅雞：「我寫的還蠻順的，應該可以突破我的瓶頸。」

我：「肖仔，你呢？」

肖仔：「我的程度你們都知道，若考上大學真的是天道寧論啊，所以準備重考了。蒲阿，你呢？」

我：「考的不是很好，但可能可以沾到私立大學，像文化大學之類的。」

紅雞：「蒲阿你少裝了，你不可能考不好，我聽我妹說了你送書的義行，已經傳遍整個宜蘭市了，大家都知道你已經超越了個人極限，這次聯考成績一定超優的。」

我：「紅雞你少虧我了，要拿到成績單後才能確定吧。」

宜蘭高中教務處還蠻用心的，有先按准考證號碼排序，所以人雖然很多，但亂中有序，沒多久時間紅雞已先拿到成績單了。

紅雞：「我有點緊張耶。」

我：「快開吧。」

紅雞：「395分，比最低錄取分數271分多出124分耶。」

今天先拿成績單，榜單明天才會公佈，照去年推算，紅雞考上台大應該不是問題了。我和肖仔手腳並用，用手拍打紅雞的頭，用腳踢他的屁股以資慶祝，班上同學知道後，也紛紛過來道賀。感情的傷痕逼出了紅雞的讀書潛能，不愧是領縣長獎的資優生。

接著肖仔也拿到成績單，打開後，果然如他自己預測的，只有236分，並沒有高出最低錄取分數，勢必要重考了。

捱了幾分鐘後，我也拿到成績單了，心中七上八下的打開信封。

「不會吧，怎麼可能，這種事情怎麼會發生在我身上，真是一個晴天大霹靂，我考269.81分，比最低錄取分數少了1.2分，英文只有2.63分，我劃錯格子了嗎？」我臉色蒼白地盯著成績單，淚水已在眼眶邊緣即將滴出，我強忍淚水故做鎮定。

我：「肖仔，我來跟你做伴了。」

肖仔：「不會吧，怎麼可能，你不是考得不錯嗎？」

紅雞：「成績單拿來我看看。英文怎麼只有2.63分，不要難過，我們去複查成績。」

我：「我身體有些不舒服，先回家休息。」

回家路上，我悲憤的仰望天空，老天爺你怎麼可以如此對待一個善良的人，佛祖菩薩你怎麼可以這樣打擊一個忠心的信徒，嗚嗚，我仰望天空長嘯一聲，這二三個月來努力的心血全部白費了。難怪今天的天空特別特別的藍，藍的特別特別的憂鬱，遠方的白雲形狀，真的像一把利刃，孤聳在蒼穹的角落，正一刀一刀割劃著自己的心脈，慢慢凌遲我受傷的心靈。接下來的日子，我要如何面對先前過於得意的言詞態度，萬能的菩薩，請你賜給我一個宇宙的黑洞，讓我跳下去，以掩埋我羞愧的臉。

回到家，老媽看到我垂頭喪氣的臉，安慰的問道：「考不好嗎？沒關係啦，只要有個私立的大學唸就可以了，管他是甚麼科系。」

我：「媽，歹勢啦，我沒有考上大學。」

老媽：「蛤，沒考上，那不就沒辦法到大學去交女朋友了。」

我：「拜託一下，我現在的心情低到腳底了，妳還在講交女朋友的事。」

老媽：「沒考上那有什麼關係，你的成績本來就不是很好，沒考上很正常啊，就用功一點，明年再考一次嘛。」

我：「媽，我有讀二三個月的書喔，我覺得自己進步很多，應該可以考上的。」

老媽：「啊是差多少分？」

我：「1.2分。」

老媽：「才差一點而已，明年一定可以考上，我對你有信心。」

我：「媽，謝謝你。我想要回房間一個人靜一靜，打電話找我的，一律說我不在家。」

老媽：「知道啦。」

從小到大老媽總是在我失意絕望的時候鼓勵我安慰我，當我的精神支柱，引導我邁向樂觀的人生，也許可能怕我受挫後去輕生，斷了林家的子嗣，更大的可能是出於母愛。這輩子能跟老媽結緣，應該是我的福氣。

揮別了悲傷的昨日，隔天早上起床，覺得沒考上大學好像也沒甚麼大不了的，高中三年在班上成績都墊底，如果我真的考上大學，教育部長鐵定會廢掉聯招制度。只是放榜前牛皮吹得太大，還把書送人，面子是有些掛不住，還好我的臉皮比犀牛皮還厚，又有豁達的人生觀，二三天後可能又會故態復萌，又開始過著耍廢的生活。報紙今天也登出了聯考榜單，紅雞考上了台大土木系，在班上已擠進前三名。榜單上也找到很多同班同學的名字，毫無意外，都是班上用功的同學。當初跟老媽吹牛「我若沒考上大學，宜蘭高中大概沒人考得上」，如今發現，我沒考上，宜蘭高中考上大學的學生，仍舊是一拖拉庫。我也找到怡君，考上清華物理系，將來可以往她的偶像居禮夫人之路邁進。美玲可能受到肖仔牽累，影響到她的專心度，只考上私立中原數學系，依她的程度來看，算是考得不甚理想。秀芬考上成大電機系，這成績應該可以上台大，我想她應該是選系不選校，電機系的分數是各校甲組最高分，將來出路很廣，不過紅雞可要累了，一在台北，一在台南，就如同他以前所講的「愛情會不會有結果不是兩人說了算，還要看時空背景、雙方家人……很多因素，最重要的還是緣份」，我記得我還補充道「對啊，如果秀芬考上台大，而你在南部唸書，即使再有緣份，這緣份也會由深轉淺，最後就會成為過往雲煙，成為生命中小小的回憶」，沒想到這緣份真的是這樣抓弄人，唉，我也只能默默祝福紅雞心想事成。

說人人到，說鬼鬼到，老媽在門外高喊著：「蒲阿，基鴻來找你啦。」

我：「請他進來啊。」

紅雞：「兄弟，你還好吧。」

我：「很好，死不了。」

紅雞：「我昨天看你整個人都快解體了，不敢打擾你，今天才鼓起勇氣來看你。」

我：「我又不是兇禽猛獸會吃掉你，怕個屁啊，不過也要恭喜你考上台大土木系。」

紅雞：「謝謝啦，講真格的，你讀書時間啟動太晚，才準備一下子就考這樣的成績，算是天才了。明年聯考加點油，我在台大等你來。」

我：「唉，你又不是不認識我，昨天情緒激動時，我還發誓明年要考上國立大學，但睡一覺起來，回歸平靜，昨天發的誓很快的隨風而逝。」

紅雞：「兄弟，不行這樣，從哪裡跌倒就從哪裡站起來。」

我：「你應該了解我，我的個性是從哪裡跌倒就從哪裡睡好。人家是時勢造英雄，我則是時勢造狗熊。」

紅雞：「不要這樣說，我對你非常有信心。」

我：「謝謝，我打算明年再考一次，若沒考上大學，就先去當兵再說了。你大學考這麼好，比秀芬還高分，可以去她家示威了。」

紅雞：「我來你家之前有打電話找她，我想她應該是一個很孝順的女孩，她對那晚我嗆她爸的事還耿耿於懷，頗有微詞，講不到三十秒，互道恭喜後就禮貌性的掛上電話。」

我：「聽你這樣講，好像比我沒考上大學嚴重許多。不過禮貌性的掛上電話沒有噴你粗話，代表裂痕還有修復的機會，努力纏上去吧。」

紅雞：「蒲阿我跟你說，我是不會放棄的。就算她跑到天崖海角，我還是要黏上去。」

我：「我就欣賞你這永不放棄的精神，加油。」

紅雞：「你也要加油，我在台大等你。」

紅雞不愧是我的好手足，他的「喇豬賽」功夫，總是可以適時溫暖兄弟的心。

「蒲阿，有女生打電話找你，趕快來接。」老媽的高分貝音量總是可以讓杯子裡的水隨著她的音頻在起舞，猶如一陣輕風弄皺一池春水。

我：「好啦。」

我慢條斯理的從臥室走向客廳，忽然看見老媽還拿著電話在跟對方聊天。

我：「你是在衝蝦毀，怎麼在跟陌生人聊天。」

老媽：「我在關心你交的朋友啦，就問一下她的年齡跟家庭狀況，聲音好聽，應該很漂亮喔。」

我：「我又沒有女朋友，妳賣黑白木啦，卡緊去休息。」

老媽悻悻然地走去廚房。

我：「喂。」

「蒲阿，我是怡君啦。」原來是怡君來電話。

我：「嘿，恭喜妳考上清華物理系，將來一定要為國家爭光喔。」

怡君：「謝謝你。我剛才在報紙上找了一陣子，沒找到你的名字，我是不是眼花漏掉了？」

我：「要在報紙上找到我的名字，恐怕要到社會新聞版上找看看了。」

怡君：「蒲阿，你真愛說笑。你究竟考上哪個科系？」
我：「怡君很抱歉，我名字真的沒在榜單上。」
怡君：「不會吧，我上次見你時，你蠻有自信的。」
我：「因為太自信而且太囂張，所以老天爺就給我懲罰，讓我沒考上大學。」
怡君：「……。」
我：「我的英文考砸了，沒關係，不用替我難過，我的程度本來就考不上的。」
怡君：「後續你有打算了嗎？」
我：「我打算認真一點，明年再考一次。」
怡君：「我先預祝你金榜題名。你還記得要我煮一道菜請你吃嗎？」
我：「當然記得，我已經引頸期盼一個多月了。」
怡君：「我就煮一道『水中蛟龍遊朝鮮』請你吃。」
經過上次今日餐廳菜名亂鬥的洗禮，再加上怡君直白口述，我大概猜得出來這是甚麼碗糕了，水中蛟龍擺明了就是水餃，朝鮮古稱高麗，應該是高麗菜水餃。
我：「怡君，該不會是請我吃高麗菜水餃吧。」
怡君：「蒲阿，你好聰明喔，居然猜對了，呵呵，應該是吃到我的口水才變聰明的吧。我跟你說，我包的水餃超好吃的，水餃皮用麵粉自己擀的，Q彈有勁，內餡用市場溫體豬肉加上獨門醬料和製而成，吃完會上癮喔，是我祖母傳授給我的。」

我：「非常期待喔。可是我沒考上大學，而妳請我吃水餃，會不會像是在慶祝我沒有學校可以唸？」

怡君：「蒲阿，你想太多了，我只是要實現我的諾言。」

我：「不然等明年我有考上大學時，妳再請我好了，到時候最好能再加上一碗酸辣湯，那吃起來應該會更好吃，吃完應該會死而無憾。」

怡君：「哈哈，沒有好吃到必須出入生死門那麼誇張。我想這次聯考對你打擊很大，大到吃東西都沒甚麼胃口。好吧，那看你甚麼時候想吃再告訴我，我專程做給你吃。」

我：「嗯，謝謝妳。我以後想吃水餃時要怎麼聯絡妳？」

怡君：「我家裡電話三二六三三九，我到清華大學後，也會寫信給你。」

我：「你家電話也很好記耶，三乘二等於六，三乘三等於九，我這輩子不會忘了。」

怡君：「蒲阿，加油。」

我：「我會的。」

怡君大考前曾對我說「我不得不承認，你對我來說，是很有魅力，我怕我會陷入情海，到時無法自拔，大學聯考會考的很糟糕。」所以放榜後主動打電話給我，要煮水餃請我吃，嘿嘿，我不得不自戀一下個人魅力，她終究難逃我的魔掌。果然二天後，她一定是按耐不住思念的情緒，約我到文化中心圖書館碰面，搞不好這次她要牽我的手，漫步夕陽中。

我：「嘿，怡君。」

怡君：「蒲阿，你好準時喔，每次都會比約的時間早到。」

我：「我若早到妳也早到，這樣就會縮短思念的時間。」

怡君：「呵呵，你真會逗人開心。」

對我來說，不用花錢的哄騙功夫，是我與生俱來的絕學，就如同動物求偶的本能一樣。

我：「妳約我來這裡，該不會是找我來讀書吧？」

怡君：「不是啦，哪，這給你的。這就是我做的水中蛟龍遊朝鮮，希望明年大學聯考你能成為水中蛟龍，然後一躍龍門，考個好學校。」

怡君遞給我一個還熱騰騰便當盒，打開一看，裡面大約有十顆水餃，那水餃的香氣真令人食指大動。

怡君：「趕快趁熱吃吧。」

我：「妳對我這麼好，我要怎麼回報妳呢？」

怡君：「用功讀書，明年考個好大學，我就很高興了。就如同你說的，原本想明年考完再請你，但是我想早點讓你成為水中蛟龍，而且我也不想欠過年，所以就趕快做給你吃，怎樣，不錯吧？」

我吃了一顆，香氣夠，但是高麗菜似乎切太大塊了，而且有點柴，另外與豬肉的比例不怎麼搭配，肉少了一點，皮厚了一點，好像水煮的高麗菜餅，我該怎麼回答呢？

我：「這是我近幾年來吃過最好吃的水餃，光看外表就令人垂涎三尺，吃進嘴裡，有種萬馬奔騰拉扯味蕾的快感，好滋味迴盪腦際三日不休，太好吃了。你可以教我怎麼做的嗎？明年若沒考上大學，我就來賣水餃謀生。」

怡君：「你一定可以考上好學校的，我對你有信心。」

我：「感謝喔，可是經過這次聯考，我那麼用功的準備三個月，結果沒考上，我對自己也沒甚麼信心了。」

怡君：「我那天聽你說英文考砸了，真替你難過。我高中的參考書大多送人了，我只留下一本英文單字集錦，這本是伴我高中三年的參考書，也是我最喜歡的一本，原本要留著當紀念，我就割愛送給你，希望能幫到你。」

我：「感謝喔，不過我的英文應該是沒救了。」

怡君：「不要看輕自己，英文只要肯花時間，先勤奮背誦單字，再求句型文法，然後多看英文課外讀物，或者聽聽西洋歌曲，了解歌詞含意，增進自己英文程度，最後練習考古題，這樣一定可以考很好。這本英文單字集錦非常特別，它把詞類相近的都放同一章節，例如前面名詞水果一類、蔬菜一類……等，中間形容詞，後面還有副詞、動詞，這裡面有最基本的3000個單字，記熟了保證一定可以應付聯考。」

我：「喔，妳講的我只有聽西洋歌曲這一項有做到，但很可惜，我只喜歡聽歌曲的旋律，最多了解一下歌名的意思，所以英文程度還是很破。講實在的，我還蠻懶的，還有沒有甚麼唸英文的速成方法？」

怡君：「除非可以在美國生活個一年半載的，融入環境學習，否則很難有速成法。我建議你還是多花點時間吧。」

我：「真的嗎？融入環境可以提升學習效率，我在台灣生活了十幾年，為什麼我的國文程度還是很差？」

怡君：「你的國文程度很好啊，報紙上每個字你都認識，而且內容你都可以理解看得懂，那就達到教育的目的了，國文程度若要更上層樓，那就要花時間多讀一些古文詩詞，如此才會精進，學英文也是如此啊。總之，學習成果要好，不二法門，就是花時間用功讀。」

我：「了解。」

以怡君的口才反應，要在學習領域的話題上佔她便宜，實在是一件不容易的事。

怡君：「你找好補習班了嗎？」

我：「還沒，你可有建議？」

怡君：「宜蘭只有一家補習班，重考生也都是宜蘭在地學生，你在熟悉的人及環境中，很容易安逸浪費時間。若經濟許可，我建議到台北的補習班，聽說有些補習班師資陣容堅強，而且台北的學生程度較高，高壓的學習環境，有助於競爭力的提升喔。」

我：「好，我回家爭取看看。」

怡君：「嗯，我相信明年聯考你一定可以考上國立大學。」

我和怡君就這樣在圖書館旁的草坪坐著聊天，聊到七彩晚霞逐漸暗淡深去，我才送她回家，很可惜還是不知道她家是哪一間，另外我想像牽手漫步夕陽中的情節也沒有發生，但是我相信，牽手是遲早要發生的事，怡君終究無法逃出我的魔掌。

我媽應該是萬應公轉世，從小到大，我要的東西從不曾讓我失望過，講不到一分鐘，我媽就贊成我到台北去補習，而且找補習班、住宿等相關事項全部由我自己做決定，她只負責出錢，並鼓勵我如果書唸不好沒關係，至少要交一個像樣的女朋友回宜蘭，她總是走不出趕快生兒育女的思維。就在我準備起身前往台北的前夕，我接到許久未聯繫的殺手電話，告知他的小孩已誕生，有空去他頭城家走走敘敘舊，順便看一下小孩。紅雞已經去成功嶺受訓了，而肖仔豬哥成性，整天和美玲膩在一起，我根本懶得連絡他，所以我就隻身搭火車去頭城探望他們夫妻。

殺手：「蒲阿，好久不見。」

我：「老大，才一個多月不見，哪有很久。」

殺手：「趕快來我房間看小孩。」

走進房間，看到很久不見的惠華，生完小孩後依舊明豔動人，印象中原本臉龐還有一絲稚氣，但如今成熟撫媚已掩蓋掉稚氣，再加上嘴角那幸福的微笑，真的是國色天香的大美女，如果去參加選美，鐵定得冠軍。

我：「大嫂好，好久不見，恭喜妳喜獲麟兒。」

惠華：「蒲阿，好久不見，過來看看小孩子。」

我：「哇，這小孩真漂亮，加入你的基因後，將來一定是比殺手更帥的大帥哥。」

惠華：「呵呵，蒲阿你真會說話。」

我：「我現在好想趕快結婚，生個女兒，然後嫁給你的小孩。」

惠華：「好啊，你不是喜歡怡君嗎？趕快去追啊。」

我：「她現在是清華大學的高材生，而我是流落街頭的重考生，她哪會看得上我。」

惠華：「怡君不是眼高手低的人，我跟她交情不錯，需要我幫你嗎？」

殺手：「你不用幫他啦，蒲阿把妹的功夫超乎你想像，我追得到妳，也是蒲阿教我的。」

聽到殺手這句違心話，剛到喉嚨的水差點從鼻孔噴出來，我如果有這樣的本事，嬰兒床上的這個小孩應該是我的。

我：「大哥大嫂，不要挖苦我了，你們二個是金童玉女，王子與公主從此過著幸福快樂的生活，而我是前途茫茫，未來的每一步都會走得很艱辛。」

殺手：「好啦，不玩你了。未來有甚麼打算嗎？」

我：「我明天要去台北補習。」

殺手：「你要去紙醉金迷的城市補習，那明年可能換我去看你的小孩。」

我：「我定力沒那麼差啦，補補看再說。」

惠華：「聽說台北的補習班非常好，只要肯認真，堅持個一年，應該會有不錯的成果，蒲阿加油。」

和殺手夫妻聊了一陣子後，秀芬居然也這時候來看惠華，考上國立大學的秀芬，容光煥發、神清氣爽，配上清秀的臉龐，只要是男的，都會多看一眼。看來我的眼睛早上有拜拜，才能在此一次欣賞二位美女。

惠華：「嗨，秀芬，好久不見了，沒想到我一撥電話，你馬上就來了。」

秀芬：「一定要馬上到啊。嘿，蒲阿，你也在這啊。」

我：「紅雞去成功嶺受訓，他交代我要來這等妳並保護妳，免得妳被殺手欺負。」

秀芬：「蒲阿你愛說笑，我跟基鴻很久沒聯絡了，況且他去受訓，又怎麼知道我會來。」

從秀芬說話的語氣聽起來，似乎還在防著紅雞，兄弟，我該怎麼幫你咧。

我：「喔，紅雞腦筋超越凡人，能夠未卜先知，所以昨晚就託夢給我叫我來。」

殺手：「你不要講些五四三的，秀芬可是正經八百的好學生。秀芬，不要理蒲阿，趕快來看小孩子。」

秀芬：「還好啦，蒲阿講話還蠻有趣的。」

秀芬：「哇，小孩子好漂亮好可愛喔，像誰呢？」

惠華：「小孩的眉毛眼睛還有鼻子像金全，嘴巴比較像我，是我倆的綜合體。」

秀芬：「嗯，我覺得也是這樣。」

我：「龍生龍，鳳生鳳，老鼠生的兒子會打洞。你們的小孩當然漂亮囉。」

殺手：「如果真是這樣，那將來蒲阿的兒子肯定很會鑽隧道。」

我：「老大你放心好了，我將來一定找一個跟大嫂一樣漂亮的女生當老婆，生的小孩水平鐵定會跟你們的小孩相當。」

秀芬：「我覺得蒲阿一定可以找到。」

我心想若能娶一個跟秀芬一樣漂亮的女生當老婆，那我前世應該佈施很多，才有如此福報。嘿嘿，如果紅雞放手了，我蒲阿一定不客氣的接手。如果娶秀芬當老婆，豈不光宗耀祖，在我們林氏家族揚名立萬，這史詩般的神話，將留照汗青。越想越興奮，歹念油然心生。紅雞，拜託你趕快放棄吧。

殺手：「靠，蒲阿，請你清醒一下好不好，看你這發呆流口水的模樣，一定還陶醉在春夢中。」

我：「老大不要虧我了，我正在思考未來。」

秀芬：「蒲阿，聽說你沒有考上大學，應該很難過吧，你有甚麼打算呢？」

我：「我的程度本來就不好，沒考上大學理所當然，沒甚麼好難過的。我打算明天就啟程去台北補習。」

殺手：「蒲阿如果去台北補習，相信很快就會跟我一樣當爸爸了。」

我：「老大，我是去拚前程的，不是去找老婆的。」

秀芬：「沒錯，先考上大學才是最重要的。」

我：「秀芬，你可不可以教我一些讀書的捷徑啊。」

秀芬：「讀書不會有捷徑的，多花點時間專心用功就對了。」

我：「那我真的不是讀書的料，每次唸個十幾分鐘，就感覺天旋地轉，總覺得筆比榔頭還重，而且書本上的字，都脫離紙面掉到地上去，然後書本就一片空白了。我覺得我有病，這種病叫厭書症。」

秀芬：「哈哈，沒那麼誇張吧，能考上宜中表示程度已經贏過80％的人了，不要看輕自己喔，我相信你明年一定可以考上國立大學。」

我：「秀芬，謝謝妳的鼓勵，希望妳的美言能實現。」

我們就在殺手夫妻房間聊了三十多分鐘，突然間一個念頭閃過腦際，等一下約秀芬一起搭車回宜蘭，幫紅雞講講好話，若他們真的沒緣在一起，我埋些伏筆在秀芬身上，搞不好我以後有機會將秀芬圈進我的生活領域，只是不知道她肯不肯一起搭車？

殺手：「快中午了，我請你們二個到街上吃個飯。」

秀芬：「金全不用客氣了，我有跟家人說要回去吃午餐，謝謝你。」

殺手：「蒲阿，你呢？」

我：「我也要回去了，我要幫紅雞護送秀芬回宜蘭。」

秀芬：「蒲阿，我是成年人，又不是小孩子，你不用緊張。」

我：「不然妳當我是小孩子，護送我回去好了。」

秀芬：「好吧，小弟弟。」

告別殺手夫妻後，我和秀芬一起走到頭城火車站，走在她旁邊，因為她的個頭較高，絕對不能駝著背走路，否則會顯得我矮小，還好我身高也有一米七七，挺直腰桿後倒也可以匹配的上，嘿嘿，這段路剛好可以訓練我抬頭挺胸的英姿。

我：「秀芬，紅雞很喜歡妳，妳應該知道吧。」

秀芬：「……。」

我：「難道妳不喜歡他嗎？」

秀芬：「無所謂的喜歡不喜歡，大家都是普通朋友。」

我：「高三上時，妳不是都有和他去圖書館唸書嗎？」

秀芬：「起初是他妹說大家一起到圖書館唸書，像讀書會一樣，可以互相討論砥礪。我聽說宜中的數學都很強，所以就和怡君一起去，可以互相學習。但到後來，我覺得有點變質了，所以就跟他說要自己唸書。」

我：「後來妳沒去圖書館，結果他跑到妳家去找妳。」

秀芬：「是啊，還跟我爸大聲吵了一陣子，實在不應該這樣。」

我：「大人不計小人過，就原諒他吧。」

秀芬：「無所謂的原諒不原諒，大家還是朋友，見了面還是會點個頭。」

我看紅雞凶多吉少了，連普通朋友、點頭之交都出現在對話中，恐怕要花很長一段時間才能修復，況且還有她爸那一關。

上了火車後，人不多，找了二個位置坐下來，她坐在靠窗，我坐在走道側，聞著秀芬髮梢飄出來淡淡的清香，呼吸著她吐出的芬芳空氣，這種近距離的親密接觸，何嘗不是我蒲阿朝思暮想的夢境。

秀芬：「蒲阿加油，希望明年可以在成大遇見你。」

我：「明年要在成大相遇還不簡單，約好哪一天，我專程搭車南下去找妳，這樣不就可以遇到了。」

秀芬：「我不是這個意思啦，我希望你能用功讀書，明年也考上成大。」

我：「秀芬你太抬舉我了，依我的程度，明年只要有個私立學校可以唸，算是祖上有積德了。我們林家十八代，目前還沒有人上過大學耶。」

秀芬：「那你更應該用功讀書，考上好學校來光耀門楣。」

我：「秀芬，書讀的好是要有天份而且還要有興趣，真希望妳的天份可以割一點賜給我，我再來慢慢培養讀書興趣。」

秀芬：「我覺得你很有天份啊，上次到圖書館，你隨便唸一下數學，就考了班上第二名，很厲害耶。」

我：「那次紅雞考第一名，而且大學聯考還考上台大土木系，那他就是個天才囉。」

秀芬：「嗯，他確實很有天份。」

我：「紅雞如果再約妳出去玩，妳會答應嗎？」

我用極深的城府問秀芬這個問題，看看她如何接招。

秀芬：「像去年到十分瀑布那樣大夥兒一起出去玩嗎？」

我：「我是說單獨約妳出去，妳會答應嗎？」

秀芬：「我想大一的課業非常繁重，應該沒時間出去吧。」

若紅雞收到這支軟釘子，恐怕要紮到他七孔流血了。

秀芬：「我聽怡君說她有煮水餃請你吃，還特別取名叫『水中蛟龍遊朝鮮』。」

原來女生也跟男生一樣，喜歡聊跟男生之間的八卦，可能想插旗佔地為王宣示主權，吃完怡君的水餃，我確實有點心動，想牽她的手，證明自己的魅力。不過不能讓秀芬知道太多，萬一將來我有機會追秀芬，她可能會不理我。

我：「是啊，她有找我募書給學妹，我很大方的把我的參考書都給她，她人很好，為了答謝我，就煮了水餃請我吃，希望我明年大學聯考可以成為水中蛟龍。」

秀芬：「嗯，她人真的很好，你是不是很喜歡她？」

我：「無所謂的喜歡不喜歡，大家都是普通朋友。」

秀芬：「蒲阿，你很壞耶，都學我講話。我問你，你是不是很想再約她出去玩？」

我：「我想重考的課業非常繁重，應該沒時間出去吧。」

秀芬：「蒲阿，你是錄音機嗎？專門在重複別人說的話。」

我：「我還真希望我是錄音機，把妳讀書的天份錄到我腦子裡。」

秀芬：「那你要努力的錄喔，我每天與書接觸的時間都有十二小時以上，不可以偷懶，知道嗎？」

我：「我的數字跟妳一樣，我每天與書接觸的時間都有十二秒以上。」

秀芬：「蒲阿，你很誇張耶，不努力是不會成功的，胡適有講過一句話，要怎麼收穫，先那麼栽，所以一定要花時間用功。」

我：「我寧願花時間陪像妳這麼漂亮的女生聊天，這樣生命好像比較有意義。」

秀芬：「我想等你考上大學後，一定會覺得生命會更有意義的。」如果要秀芬對我留下好印象，那我就必須很狗腿，凡事順她的意，即使她講一些沒意義的話。

我：「秀芬，我覺得妳講的每一句話，都蘊含著人生的哲理，令人信服。如果求學過程中有碰到像妳一樣的老師，那我就不會如此的失敗。」

秀芬：「哈哈，那我是你的貴人囉。」

我：「謝謝秀芬貴人開釋，妳真的是我的活菩薩，早知如此，大學聯考前一天就去抱妳的腳，這樣我就不會名落孫山了。」

秀芬：「抱我的腳可以考上大學？」

我：「像我這麼不用功的學生，平時不燒香，只好臨時抱佛腳，而妳是活菩薩，這樣就可以保佑我考上大學了。」

秀芬：「哈哈，蒲阿，你真愛說笑。」

我：「我覺得妳借我一雙穿過的襪子，我把它當作佛腳，明年大考前帶在身上，可能會比帶符咒還靈。」

秀芬：「蒲阿，你瞎扯的功夫真的是一流。」

我：「阿彌陀佛，我佛慈悲，希望我的一流瞎扯如願實現。」

這時秀芬從包包裡拿出一個像是中國結的小飾品。

秀芬：「蒲阿，這樣好了，這是我聯考前去慈安寺求的平安符，跟你結緣送給你，希望你明年聯考平安順利，不出差錯，考得好成績，我相信一定比我的襪子還靈驗。」

我：「慈安寺我知道，寺廟供奉著黑面的觀世音佛祖，歷史非常悠久，是宜蘭市相當靈驗的廟宇之一，這麼貴重的神符，送我後妳就沒了呀。」

秀芬：「慈安寺離我家不遠，改天我再虔誠去求就有了。」

我：「嗯，非常感謝妳，希望明年聯考神符發大威，每一題都幫我指出正確答案。」

秀芬：「蒲阿記住，一定要用功唸書，平安符才會有效喔。」

我：「報告活菩薩，知道了。」

此刻的我多希望時間就此凍結，人生就定格在此畫面，這是種幸福感，不過是種不倫的幸福感，趁我兄弟當兵，對他喜歡的人設圈套，還好我還蠻講義氣的，要等紅雞確定放棄秀芬後，我才會有更大的動作，我也深深體會到古老的一句諺語，女朋友兵變的對象，往往發生在自己最親密的兄弟身上。我還是得收斂點，以免失去我就最要好的兄弟。所以下了火車後，跟秀芬道謝她送我回宜蘭，我們就分道揚鑣，各自回家了。我也希望在往後的日子中，能有機會再和秀芬聊天交流，最好的結局是紅雞放棄追秀芬，我蒲阿急起直追，最後秀芬變成我女朋友，最最最後修得正果，在人生旅途上，成為我一輩子的情人。唉，我應該是痴人說夢話。

77 再出發

來到台北補習，坐在這鳥籠般的教室裡，連一個窗戶都沒有，每個學員的表情似乎都很緊繃，連呼吸的節奏都比鄉下快很多。我想在這競爭力高張的台北，一個陌生的學習環境，或許可以改變我那蹉跎生命的性格，進而拿起書本猛K，明年考上大學，這樣也就不會辜負了怡君及秀芬對我的期望，於是我心中吶喊著：「蒲阿加油。」

心中剛激昂振奮的完成吶喊，一個熟悉的聲音從背後傳了過來「蒲阿。」

我轉頭回去看，見鬼了，肖仔居然出現在我面前，我驚訝到下巴都快貼到地上。

肖仔：「幹嘛那麼驚訝。」

我：「你怎麼也來了。」

肖仔：「你很不夠意思，自己跑來台北補習，都不約一下，還好我打電話到你家，你媽告訴我你在這家補習班，我才趕快來這裡報名補習。」

我心中涼了一大截，剛才激昂興奮之情立刻跌到谷底，完蛋了，我們兄弟倆又要開始蹉跎生命了。

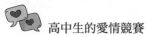

我：「你不是都跟美玲在一起嗎？你的未來，她沒給你建議嗎？」

肖仔：「來台北補習就是她建議的啊。」

我：「說實在的，你怎麼那麼迷戀美玲，我覺得她可能對你下蠱，不然依你這種放蕩不羈的個性，怎麼會被她鎖死。」

肖仔：「蒲阿，你不要亂講，這就是一種緣份，我覺得和她在一起很快樂。」

我：「我偷偷問你一下，你跟他現在是在幾壘安打的狀態？」

肖仔：「蒲阿我跟你說喔，美玲他家教很嚴，她非常保護自己的身體，她跟我之間是種純純的愛，我們頂多就牽牽手散步談心，然後讓感情慢慢升溫。」

我：「她聯考考差了，沒準備重考嗎？」

肖仔：「考上中原數學系對她來說是個打擊，但她還是去註冊了，她打算明年拚一下轉學考或是將來考個公立學校的研究所。而且她交代我，補習班雖然星期日休息，但我必須去中壢找她，她要幫我補一下功課。」

我：「我想美玲叫你星期天到中壢去絕對不是只有補習那麼簡單，她應該想要抓住你，不讓你有機會拈花惹草。」

肖仔：「呵呵，我這麼值錢嗎？」

我：「對美玲來說，你是她的無價之寶。」

肖仔：「不談這個，我覺得我們到了一個新環境，應該要好好振作唸書，明年才有希望考上大學。」

我：「在還沒碰到你之前，我確實是這麼想，碰到你之後，我的定力瞬間瓦解。」
肖仔：「蒲阿，安啦，我一定好好監督你，不讓你跟以前一樣蹉跎人生。」
我：「靠，這句話應該是我說才對吧。」
肖仔：「不管誰說，我們一起加油吧，GO GO GO。」
我真希望在往後近一年的日子裡，我和肖仔可以一起燃起努力的信念，攜手奮鬥共創美好未來，明年一起聯袂進大學。

「蒲阿，我發現教室隔壁大樓的地下室新開了一間撞球館，球檯及球具都是新的，傍晚下課後去敲兩桿，我們現在的身份，去球間撞球都不必怕教官了。」肖仔興奮的說道。
我：「靠，你真厲害，才來台北二天，你就找到娛樂點，當然好啊。但是不知道費用會不會很貴？」
肖仔：「先不用管錢啦，今天我請客。」
我：「你撿到錢喔。」
肖仔：「不是啦，美玲暑假有去兼家教，賺了點錢，來台北前，塞了伍佰元給我，她說如果書唸得比較晚，就拿這些錢去吃宵夜，不要餓著了。」
我：「美玲已經在養你了，你他媽的，真是一個騙財騙色的大師。」
肖仔：「你少嫉妒了，搞不好你以後吃的飯比我還軟。記得喔，下課後不要亂跑，一起去敲桿。」

傍晚下課後，我和肖仔就來到這家新開幕的撞球間，美輪美奐的裝潢令人賞心悅目，球檯桌布也嶄新到沒有一絲的毛球，球桿也光亮滑溜，根本不須滑石粉抹在手上就能輕易出桿，打的是花式撞球，現場還有駐場教練指導，跟我們在宜蘭兵仔營克難式的司諾克球檯比起來，才一分鐘的光景，我就已經深深的著迷，難怪生意門庭若市，盛況空前。

我：「肖仔，那個教練好像很面熟，好像在電視上有看過。」

肖仔：「他好像是林正晃，台灣的球王。」

我：「我們運氣這麼好，可以看到球王，可不可以請他來指導一下。」

肖仔：「要加入球館的會員，才有教練指導，入會費很高，我看我們在旁偷偷學就好了。」

我：「要不是學校禁止學生打撞球，我可能就是新一代的球王了。」

肖仔：「你少臭屁了，你跟球王差太遠了吧。」

我：「哪會差很遠，我叫林正浚，跟球王的名字才差一個字。」

肖仔：「哈哈，你還真會扯裙帶關係。還有個空檯，我們過去敲吧。」

就這樣和肖仔敲了二個多小時，一分鐘一元，肖仔總共花了一百五十元，相當於六個便當的費用，台北不只吃飯貴，連打球都很貴，但我似乎有點上癮，下回還是會再來。對於我來台北的目的，早就拋到九霄雲外了。

時間真的是一帖良藥，把我在落榜傷痛時所立下的志願都撫平了，才短短的一個月，我又找回真實的自己，每天像古墓派裡的活死人，一起和肖仔瞎攪和混時間。但值得慶幸的是，我和肖仔沒住在一起，所以晚上還有時間可以睡個覺。這天晚上十點多，房東太太大喊我的名字，叫我接電話，應該不是肖仔，這時候他應該都在寫情書，應該不是我媽打的，她不會這麼晚打電話，還是家裡有甚麼事，越想越驚慌，趕快小跑步去聽電話。

我：「喂。」

「蒲阿，好久不見。」原來是久違的紅雞打來的。

我：「靠，你還活著，沒有死在成功嶺。」

紅雞：「媽的，死蒲阿的狗嘴永遠吐不出象牙。」

我：「開始上課了嗎？」

紅雞：「下週一開始正式上課，今天新生訓練。我前天就來宿舍報到了，整頓好了，就打電話到你家探聽你的電話，想約你星期天到台大走走，順便參觀一下我的宿舍。」

我：「好啊，給我住址。」

紅雞：「我住台大男八舍215室，靠近新生南路辛亥路口，在火車站可以搭251或236公車來，早點來喔，中午我請你吃飯。」

我：「靠，蒼天真的有眼，你的個性住『男八』，最貼切不過了。」

紅雞：「蒲阿你少『機車』了。找你來是為了實現我們的約定，你還記得要拿PLAYBOY跟PENTHOUSE到台大校門口合照這件事吧，我昨天到光華商場的舊書攤，硬是買到了這禁書，嘿嘿，厲害吧。」

我：「媽的，你進台大買的第一本書居然是黃色書刊，台大校風會被你搞砸了。」

紅雞：「食色性也，搞不好教授收藏的比我還多。」

我：「如果你的假設成立，以我目前黃色書刊的藏書量及速度，我未來鐵定可以當上大學校長。」

紅雞：「你少瞎扯了，星期天早點來喔。」

星期天我起個大早，搭公車到台大，想見識一下傳說中台灣第一學府的校園到底長得怎麼樣。一進台大校園，果然名不虛傳，校園大到看不見邊際的圍牆，古色古香的建築物一棟接著一棟，在在展現著書香門第的氣息，路旁兩排高聳的椰子樹，整齊且筆直的穿入無雲的藍天，這也許在暗示著，能考上台大的學生，都像這些椰子樹般，不僅高人一等而且有著無量的前程。當下雖然艷陽高照，然而仍有徐徐微風吹撫臉龐，感覺涼爽心曠神怡，聽說這些輕風都是台大學生走路時所揚起的，因為這些考進台大的資優生走路都有風。慢慢的邊走邊問，終於摸到了男八舍，進了宿舍走到二樓的215室，敲了門。

我：「紅雞。」

紅雞：「靠，蒲阿你真早，星期天早上居然沒睡死。」

我：「為了吃你一頓飯，只好犧牲假日睡眠。」

紅雞：「你這麼看中吃的，那我先期約誘惑你，等你明年考上大學，我一定請你吃大餐。」

我：「那你今天先請我吃大餐，我明年考上大學給你看。」

紅雞：「大餐是釣魚的誘餌，誘餌吃了，魚還會自動上岸嗎？」

我：「我是彈塗魚，餓了自然會上岸。」

紅雞：「不跟你扯了，我跟你說，因為我大學聯考考得不錯，我父母問我要甚麼禮物作為獎賞，你猜我跟他們要甚麼？」

我：「一年份的PLAYBOY雜誌嗎？」

紅雞：「我跟他們要了一台單眼相機。」

我：「你何時迷上攝影？該不會看PLAYBOY的裸照看到有心得了，想要自己抓刀來拍。」

紅雞：「你有所不知，我國中時就對攝影有興趣了，只是沒跟你們說，我很陶醉在那些捕捉生命精彩瞬間，而可以留存永恆的相片，像蝴蝶羽化、青蟬蛻殼等。」

我：「你該不會明年轉去藝術系吧？」

紅雞：「不會啦，興趣又不能當飯吃。」

我：「搞不好你轉到藝術系後，你的攝影作品獲得普立茲獎，然後名聲在全世界發光發熱。」

紅雞：「受到你的鼓勵，我要努力拍攝，這部相機的第一幀照片將由蒲阿領銜掛帥擔任男主角。」

我：「好吧，我勉為其難獻出我的處女秀。」

紅雞：「走吧，我們到校園逛逛。」

只見紅雞抓了兩本雜誌往宜蘭高中的書包裡面塞，又揹了一套價值不菲的相機裝備，連相機腳架都有，我們就這樣到校園內閒晃。

我：「你還把宜蘭高中的書包揹到台大來。」

紅雞：「對，我要讓大家知道我是宜中畢業的，我以宜中為榮。」

我：「那我也應該要揹宜中的書包到補習班去，我要讓大家知道我是宜中畢業的，宜中以我為恥。」

紅雞：「沒考上大學的學生多的是，沒那麼嚴重，不必用恥來形容自己。」

我：「知恥近乎勇，無恥近乎色。」

紅雞：「甚麼是無恥近乎色？」

我：「無恥的人更容易接近美色。」

紅雞：「嗯，有道理。」

我：「不過像我這種無恥之徒為何美色都離我遠遠的，沒道理啊。」

紅雞：「哪有離你很遠，怡君不是快被你收編了嗎？如果你再無恥一點，連秀芬都會跑到你懷裡。」

媽的，該不會紅雞已經知道秀芬和我一起搭火車回宜蘭而且送我平安符的事嗎？講話酸到骨子裡去了。

我：「喂，兄弟，不要亂講話啊，你要追的對象，我頂多欣賞一下，哪天你要放棄秀芬了，再轉知我，你未完成的志願我會接手完成。」

紅雞：「跟你開個玩笑，你幹嘛那麼緊張。這次去成功嶺當兵受訓，讓我成長很多，我熬過了種種不合理的訓練及磨練，有種浴火重生的感覺，我也體悟出強求的緣份，也許會成為孽緣，得不到的情緣，抓得越緊，越容易從指間流逝。」

我：「心靈大師，發生甚麼事了？」

紅雞：「我努力用功考上台大，原本以為秀芬一定也是上台大，但沒想到她上成大，彷彿進入南北兩個世界，我們居然無緣到這種地步。然而我並沒有放棄，剛上成功嶺時，寫了十幾封信給她，但是她一封也沒回，真令人傷心。後來連上輔導長看我整天鬱鬱寡歡，每天晚上就跟我聊天開導，漸漸的我也釋懷了，所以我才說這次去成功嶺當兵受訓，讓我成長很多。」

我：「你不會真的要放棄秀芬吧。」

紅雞：「隨緣囉。」

以我對紅雞的了解，雖然嘴巴這麼說，但是心裡還是一定掛念著秀芬，只要將來有機會，他還是會咬死不放。他當初犯的一個最大的錯誤，就是跟秀芬的老爸起衝突，如果沒有那次的頂撞，我想秀芬應該不會如此的無情，連一封信都不回，難怪那次我和秀芬從頭城一起搭火車回宜蘭的路上，我只要講到紅雞，他就出現那種冷冷的表情，這也給我上了一課，以後要追女朋友，一定要在她的家人下功夫，無論老少，都要好好服伺。

我和紅雞在台大校園逛了一大圈，說實在的，紅雞剛來台大，校園也不熟，不知該如何晃。不知不覺走到傅鐘前，紅雞不食言拿起了相機，拍了一張我的獨照，也是新相機的第一幀照片，據紅雞學長說在傅鐘前留影可以增長智慧。

紅雞：「蒲阿，這是新相機的處女照，改天我洗好了再拿給你，你可要好好保存喔。」

我：「一定會好好保存，就算傾家蕩產我也不會拿去變賣。」

紅雞：「除非家裡鬧鬼要貼你的相片避邪，不然怎麼會有人買你的相片。」

我：「普立茲獎得主的新相機處女照，簽個名再給我，數十年後可能變成無價之寶。」

紅雞：「謝謝你的恭維，等一下我多拍幾張，讓你變成大富翁。」

我：「藝術家通常在死後作品才會值錢，我要變大富翁恐怕要等一百年後囉。」

紅雞：「哈哈，你是說我會很長壽。」

我：「對呀，一般壞人都很長壽，不然戲就演不下去了，壞人掛了，戲才會結束。」

紅雞：「哈哈，你真的很會抬槓耶。」

我：「我們兄弟一場，跟你才能肆無忌憚的瞎扯，不用顧忌你的感受，這就是我們合得來最大的緣故。」

紅雞：「走吧，去校門口拍個合照，我有帶相機腳架。」

我：「你當真要拿黃色書刊去校門口名牌旁合照？」

紅雞：「怎樣，怕了嗎？。」

我：「靠，我蒲阿天不怕地不怕，會害怕這種小小鳥事嗎？」

就這樣我拿PLAYBOY紅雞拿PENTHOUSE在台大校門口名牌前留下罪惡的倩影，我相信這將是「前無古人、後無來者」的舉動，也為叛逆的青春留下烙印。中午紅雞帶我去他學長推薦的銀座餐廳大快朵頤，紅雞幫我點了一碗牛肉河粉及幾盤小菜，軟嫩的河粉跟宜蘭的河粉有異曲同工之妙，不亞於宜蘭火生麵店的餛飩粿仔，這頓飯是我來台北後最最愉悅的一餐，由衷感謝紅雞帶給我的快樂。

就在普天同慶的國慶日，我收到一封來自清華大學宿舍的來信，哈哈哈，我不禁大笑了三聲，怡君終究耐不住思念我的寂寞，提筆寫信給我，看來她是逃不出我的手掌心，真搞不懂老媽在擔心甚麼，我如果要交女朋友真的是可以信手拈來。不過原本以為怡君會寫著長長的思念情誼，信封內卻只有一張信紙，而且寫沒幾行。

「蒲阿：

好不容易探聽到你在台北的住址，趕快寫封信向你報平安。我來清華大學已經一個多月了，也慢慢適應學校的環境以及大學生的生活步調。我唸的物理系大一的學程範圍非常廣，都是一些科學基礎學程，感覺課業比高中還重。剛開始也沒甚麼目標概念，還好有直屬的學長姊幫我引導，耐心解說，慢慢我也發現我的興趣所在，我在想我未來可能會朝著光電物理領域前進，畢竟科技是人類進化的先鋒，所以選修課程部份，也都偏向光電物理這一塊。另外偷偷告訴你，清華大學的校園好漂亮喔，有好大一片的陽光草坪，坐在草坪上唸書真是人生一大享受。校園內也有一座叫成功湖的大池塘，旁邊花園林徑蜿蜒疊繞，鳥語花香，在此漫走，常常陶醉到忘記時間，忘記繁重的課業。你還好嗎？我相信重考的日子一定很難熬，不過我相信你一定可以撐過來闖出一片天，記得要善用你的時間喔，禮記中庸篇有寫道，豫則立不豫則廢，我們互相共勉之。

怡君筆」

媽的，這是教條式的情書嗎？我覺得讀完這封信是在糟蹋我的時間，從頭到尾沒有一點思念的字眼，我心中的情緒一點起伏也沒有，這封信比教科書上的課文更無趣，收到信跟沒收到信是一樣的心情。最起碼也要寫到很久沒看到我，想邀我到清華校園走走啊，請我吃個飯啊，怎麼含蓄到像是昨天剛認識的一樣，是想要欲擒故縱嗎？而信的結尾還寫一句我看不懂的古文來修理我，白話運動都推行了數十年，還在這裡之乎者也。我一直以來都認為，追怡君這件小事，應該像是高一生在做小一的數學這麼簡單，然而怡君卻在釣我胃口，用若有若無的情絲慢慢纏束著我，看來我必須加大力道，才能讓她臣服在我的褲管下。怡君用古文來結尾展風采，那我也來寫個八股文來掐住她的心。

「怡君如晤：

接獲汝信一紙，揚起心中沉澱已久之塵埃，靜謐之湖面又起漣漪，思汝之心油然而生。年中大學之試未能及第，係因造孽甚豐所致，此乃果報。原想遠離紅塵，遁入空門思過，修習佛法彌補今世之罪，待痛徹心悟後，了結餘生。幸汝不離不棄，舉善而教之，並以仲尼之言『愛之，能勿勞乎？忠焉，能勿誨乎？』循循善誘，將吾救離萬丈深淵中。此救贖之恩澤，終生難忘，並已漸漸轉為思慕之情愫，是故，或於辰曦、或於炎午、或於子夜、或於寅夢，汝之倩影時而飄逸於腦海中。無奈此思慕之情，因重考之壓力與時間，漸而淡之。嗚呼，今汝又闖進吾心，一年半載恐難再撫平，當想見汝一面，以解思念之情。

蒲阿泣於子夜」

我自覺這封超厲害的信可以媲美徐志摩寫給陸小曼的情書，相信怡君看了之後，最慢二週內，一定約我見面，到時候，嘿嘿，最甜美的電影情節，就由我和怡君主演。我小心翼翼把信紙摺好，放入淺藍色的信封中，正要模仿著巴比溫頓唱的那首以吻封緘的情節時，突然一個念頭閃過，女生通常會把男朋友對她們多好的情境，炫耀給她的好友們，怡君一定會把這封信給她的死黨看，萬一將來我有機會追秀芬時，這封信豈不成我的絆腳石。越想越不對勁，決定抽出這封信，重新寫一次。

「怡君好：

很高興能接到妳的來信，讓我的重考生活增添一些雅趣，知道妳對未來人生已著手擘劃，相信將來妳一定能夠成功而且揚名立萬。我跟肖仔在同班上課，依目前衝刺的狀況來看，明年應該會手牽手一起進兵營，妳希望我成為水中蛟龍，恐怕要讓妳失望了。我的頭腦沒有妳好，也不是一個唸書的料，沒考上大學去當兵也許是天註定，這也是我的命運。先去當兵也並非壞事，拿健康的身體報效國家，對社會來說算得上是小小的貢獻，當完兵後再來考一次，分數還可以加百分之十，到時候考上大學機會就大很多了。妳送我的單字冊我都很努力在背誦，每天十個單字，明年聯考前應該可以背完，只不過前天背完的單字，今天再看到，一樣變得很陌生，都懷疑自己到底有沒有背過，英文真的是我無緣的朋友。非常感謝妳對我的鼓勵，豫則立不豫則廢我會銘記心中，一切盡人事聽天命，最後祝妳一切都好。

蒲阿草於子夜」

其實我也不知道豫則立不豫則廢是甚麼意思，反正一定是規範化的訓示，先順著她的意，且戰且走了，我用這種悲觀哀兵法，怡君若有情，投懷送抱的日子應該不遠了。

意外出局

跟肖仔在補習班混日子時間倒也過得蠻快的，一下子就年底了，補習班也為學生做了一次模擬考，驗收這四個多月來的努力成果。模擬考成績出來後我並不意外，我考了255分，肖仔考了260分，比我還高，我想應該是美玲有在幫他加持，不過都未達錄取分數的基本門檻，聽老師說補習班的考題都出的比較難，一般加上20分後就是大學聯考的成績。如果這理論正確，嘿嘿，我和肖仔可能都有學校讀。老媽花了這麼多錢讓我來台北補習，而我卻在這裡悠閒度日，那應該在宜蘭安逸的生活就好了，也不用浪費這麼多錢，我已經開始懷疑來台北的動機是不是正確。就在我懷疑人生的同時，我接到怡君的第二封信，可能上封信我回信的力道不夠，過了二個多月才收到這封信，我內心在想，怡君哪，妳終究還是我的囊中物，我用軟繩牽牛的方法追妳，最後還是要服服貼貼躺在我懷中，趕緊打開信來看。

「蒲阿好：

先跟你抱歉，因為課業較為繁重，所以提筆的時間較晚，希望你見諒。看了你的來信，我衷心期望，你能夠善用時間，將課業溫習好，那明年必定成為水中蛟龍，不要看輕自己，我對你非常有信心，如果當兵之後再來考大學，那當兵二年的時間沒辦法接觸書本，退伍後對高中的學程將會很生疏，可能還要花一、二年的時間才能補回來，那黃金的讀書時間就浪費掉了，所以我才說讀書一定要遵循豫則立不豫則廢這個原則，期望看到你明年大展雄風。」

媽的，怎麼又來說教了，等了二個多月，難道不會說一些情愛的語詞嗎？跟我的期待實在有很大的落差，這麼好追的女生，我怎麼會追得那麼辛苦，難道要我出重手才肯就範。等一下，信的背面還有字，趕快繼續往下看。

「另外有個情況我想應該讓你了解一下，上回有跟你提到有個學長協助我分析物理系的學程安排及未來發展的趨勢，這位學長也是你宜蘭高中的學長，對我呵護至極，幾乎從進清華開始，他就陪在我身邊，當我最迷惘最困惑最低潮的時刻，他總是會細心的安慰我鼓勵我，讓我走出最黑暗的時光。前天他問我是否願意當他的女朋友？我點頭答應了。這對你而言不知道是好消息或壞消息？我知道你的條件非常好，要找比我好的女朋友不是件難事，等你明年上大學，交到女朋友後，一定要告訴我喔。最後祝你考試順利，旗開得勝。

怡君筆」

看完這封信，我的眼淚如流星般劃過臉頰，不會吧，老天怎麼都不眷顧我，把最糟的情況都送給我，先是差1.2分沒考上大學，再來怡君也離開我，失意簡直就是我人生的代名詞。我要對怡君說，她交男朋友對我而言真是個天大的好消息，我終於可以放下心中揣測的大石，也不用費心的完成追她的任務，這是失敗不是失戀，因為我沒有用感情追她，追她是一項任務，壓根兒談不上失戀。怡君離開了我，我高興的流下激動眼淚，我相信這是喜悅的眼淚，我真的要含著眼淚去放鞭炮。追她的人目睭糊到蛤仔肉嗎？怎麼會看上怡君呢？怡君用這紙信拒絕我的追求，確實傷的很深，也許傷的越深越能永恆。我想我還是得保持君子風度，回了封信給怡君。

「怡君好：

很高興妳找到自己的真愛，希望妳們永遠幸福快樂。我也會依照你的勉勵，努力加油。雖然我心中有些苦澀，但是只要妳是高興的事情，我也會隨之起舞。有一首明朝楊慎寫的臨江仙最能詮釋我現在的心情，也最能契合我豁達的人生觀，上次在今日餐廳吃飯時我說了半首，這次整首送給妳，我依然還是妳永遠的好朋友。

滾滾長江東逝水，浪花淘盡英雄。是非成敗轉頭空。青山依舊在，幾度夕陽紅。白髮漁樵江渚上，慣看秋月春風。一壺濁酒喜相逢。古今多少事，都付笑談中。

最後祝妳一切都好。

蒲阿筆」

這晚深夜，我找了紅雞和肖仔到後火車站小吃攤陪我喝酒。

我：「沒想到追怡君這麼簡單的行動，居然以失敗收場，對我打擊真的太大了。」

肖仔：「兄弟，紅顏禍水，看開點。」

紅雞：「天涯何處無芳草，總有佳人陪到老，你會因禍得福。」

我：「我也花了一些力氣在怡君身上，媽的，她是木頭嗎？」

紅雞：「我花更多力氣在秀芬身上，也是失敗，恁祖媽咧，她是更大顆的木頭嗎？」

我：「總有一天我要把這些木頭變成乾柴，然後用我這把烈火把他們燒成灰燼，乾啦。」

紅雞：「讚啦，為乾柴烈火乾杯。」

肖仔：「蒲阿，你臉皮比肚皮還厚，功課好又端莊的女生，不是你耍耍嘴皮就可以到手。美玲我也是花了畢生的精力，目前才有一些小成果。兄弟看開點，機運如果到了，根本不用花甚麼力氣，水到渠就成了。」

我：「肖仔，你真會說風涼話，哪天你被美玲甩了，我也會叫你看開點，然後陪你喝整晚。」

肖仔：「其實跟美玲交往久了，覺得她還蠻囉嗦的，每週都在盯我唸書，還真想把他甩了。」

紅雞：「贊成，把她甩了，然後來陪我和蒲阿過單身生活。」

我：「喂，紅雞，我們不要詛咒肖仔擁有我們不愉快的經歷好嗎？他們小倆口現在幸福的很，我這杯先祝你倆白頭偕老，乾。」

肖仔：「蒲阿在紅著眼的時候講話最真誠，謝了，乾。」

我：「紅雞，我祝你追到秀芬，乾。」

紅雞：「機會渺茫，除非有奇蹟，難兄難弟乎搭啦。」

肖仔：「蒲阿，我覺得怡君根本配不上你，你沒必要難過，她離開你是她的損失。你下一個會更好。」

紅雞：「沒錯，蒲阿，我決定要放棄秀芬了，有機會時，換你上。」

我：「你講的喔，我一定幫你完成這個壯志，我乾一瓶。」

我也不知道喝了多少啤酒，喝到後來自己都語無倫次還一直吐，感覺吐到胃汁都流出來了，還是無法消弭心中的難過，不論紅雞和肖仔如何勸說，我還是一瓶一瓶的灌到肚裡，連我怎麼回到宿舍，自己都不曉得，我終於了解借酒澆愁愁更愁這句話的真義。

在情傷後我並沒有像紅雞一樣，發憤圖強努力向上的用功讀書，二、三天後世界又太平了，彷彿甚麼事都沒發生過，也許是傷的不深，無法黯然銷魂，也許是樂觀豁達的個性使然，晚上還可以含笑而眠，每天依舊渾渾噩噩過日子。自從年底寫了第二封信給怡君後，至今也三個月了，連一通電話或一封信都沒有，就連過年期間的拜年問候都省略，宛如人間蒸發般，算是一個見色忘友的傢伙。距離大學聯考只剩三個月，我是不是應該像去年一樣，用功三個月，至少對自己的良心有個交代呢？

正當我在迷濛狐疑時，好兄弟紅雞又打電話來。

紅雞：「兄弟，大學聯考準備得如何？」

我：「可能要去報效國家了。」

紅雞：「不要這麼自暴自棄，去年你聽我的話後，才準備一下子，結果只差一點考上大學，你的腦筋這麼好，再拚一下就上去了，加油。」

我：「唉，我實在沒甚麼動力讀書耶。」

紅雞：「兄弟，是否要我用死諫的方式，你才肯認真唸書啊？」

我：「靠，你不是魏徵，我不是唐太宗，有那麼嚴重嗎？哈哈哈，你如果真的死了，我就每天唸書到十二點來緬懷你。」

紅雞：「蒲阿，你瞎扯的功夫古今中外沒人比得上，你應該是韋小寶投胎轉世。」

我：「我如果是韋小寶，那你就是我的好友康熙皇帝。」

紅雞：「不跟你扯了，春假有沒有回宜蘭？」

我：「我們補習班只放四月四日跟四月五日二天。」

紅雞：「四月五日要掃墓，那四月四日我們一起出去走走，你放鬆一下心情，我去拍一些生命之源的相片。」

我：「生命之源？你要拍A片喔。」

紅雞：「你真的是滿腦情色。我是想去拍春蝶羽化的相片，聽說龍潭湖附近有很多鳳蝶，像青帶鳳蝶、大鳳蝶、黑鳳蝶等，若運氣好還會碰上國寶級的寬尾鳳蝶。你有駕照，家裡還有機車，早上八點來載我。」

我：「你嘛幫幫忙，難得放假，我要睡晚一點，下午再去好了。」

紅雞：「好啦，下午二點來載我，放鴿子的人被狗咬。」

我：「OK啦，如果這幾天我被狗咬，我就不去了，BYE。」

紅雞：「BYE。」

13 椎心之痛

一般假日或節日，我都睡到下午，然後再起床吃飯。難得回宜蘭家，如果不是紅雞約我，我原本打算今天睡到傍晚再起來吃晚飯的，反正兒童節是國小學生的節日，我離兒童時代已經很遠了，父母不可能帶我出去，也只有紅雞才會想到帶我這個大兒童出去玩，所以我二點準時騎摩托車出現在他家門口。

紅雞：「這六十萬先送你。」

我：「什麼六十萬？」

紅雞：「你不是說我拍的相片很值錢，一張算十萬塊就好了，這六張送你。」

紅雞遞給我六張相片，其中二張還特別護貝起來，後面還有紅雞的簽名，寫著蒲阿留念，友誼長存。這二張是我和他在台大校門口及椰子樹長廊的合影，另外四張是我的獨照。

我：「兄弟，謝了，沒想到你的拍照技術這麼好，把我拍的這麼帥，以後如果我沒交到女朋友，我就叫我媽拿這些相片去騙婚。」

紅雞：「你少不要臉了，我站在你旁邊，你不覺得你把我襯托出大明星的架勢？」

我：「沒錯，你越看越像AV界大明星，」

紅雞：「好啦，我們二個都是明星，走啦。」

騎摩托車到龍潭湖後，我們沿著環湖道路慢騎，一邊欣賞美麗的湖光山色，一邊尋找艷麗的鳳蝶，可是騎了十幾分鐘，都沒看見可愛的昆蟲。

我：「這裡哪有鳳蝶啊，連隻蒼蠅都沒有。」

紅雞：「因為很多還沒羽化，蝴蝶較少，要有耐心慢慢找，找到一、二隻後，那附近就會有一些蛹，運氣好就可以看見蝴蝶羽化的過程。」

我：「我比較喜歡看少女羽化的過程，褪去衣服的瞬間，留下永恆的精彩。」

紅雞：「媽的，你真的是爛泥糊不上牆。我們到上游的水域找找看好了，越近山邊樹林，蝴蝶應該越多。」

摩托車就這樣悠哉悠哉的晃著，約莫十幾分鐘後，我們騎到了一條不知名的溪流旁。

紅雞：「蒲阿，車停這裡用走的，我們沿著溪流旁的小徑走到山邊的樹林，沿途應該可以看見鳳蝶。」

我：「這條小徑這麼窄，兩旁的草又這麼高，會不會有蛇啊？」

紅雞：「有蛇的話就抓起來燉蛇湯啊，怕屁啊。」

就這樣我們漫走在這崎嶇的小徑上，往山邊樹林前進，約莫五、六分鐘後，走到一個潭邊，有個十來歲的小孩在岸邊大喊叫著。

小孩：「大哥哥，快來幫忙，我同學游不回來。」

我和紅雞趕到潭邊，只見二個小孩在溪流的深潭中載浮載沉，一個在右側上游端，一個在左側下游端，都很努力的想游回岸邊，可惜潭中似乎有著伏流，超過他們體力負荷，感覺好像快滅頂了。媽的，這些小屁孩，天氣又不熱幹嘛不自量力下溪流游泳，真的很欠揍。

紅雞對著岸邊的小孩大叫：「你先去外面馬路上找大人來幫忙，快去。」

小孩子轉身沿著小徑跑了出去。

紅雞：「蒲阿，看來我們必須下水去幫他們了。你去拉左邊那個，我去救右邊那個。」

我和紅雞脫了上衣往潭中走去，走了約五公尺水深已超過我的頭頂，我必須要用游的才能往前，但部分區域又較淺，可以站著走，這潭水綠到看不見底部，流水面雖然平緩，但感覺有些暗流潛藏在水中，而且感覺潭底有很多堆疊紊亂的石頭，需要小心翼翼的往前。折騰了一會兒終於走到小孩旁拉住他，沒想到他的力氣奇大無比，為了呼吸一口新鮮空氣，把我的頭都壓到水裡面，還好這個地方我還可以站到底部，不過水面已在我的嘴巴上，我用盡全身力氣把他的頭托到水面上，並大聲斥喝。

我：「我拉住你了，不要再動了。」

小孩：「我喝了好多水，快沒辦法呼吸了。」

我：「你放鬆，我拉你游到岸邊，你再出力，我就不理你，我要自己游回去。」

小孩倒也聽我的話，不再掙扎，讓我半游半走慢慢將他拖著往岸邊，也不知過了多久，耗盡我身上所有的氣力，終於到潭邊石頭堆。我呼吸急促的往右邊看，找尋紅雞那邊救人的進度，說也奇怪，就是沒看到紅雞和那個小孩子。

我著急的大喊：「紅雞，紅雞，你在哪？」

三分鐘過去了，都沒有回應，潭面上、岸邊都沒看到人，我心中突然充滿恐懼。

我繼續急的大喊：「紅雞，你給我出來，我不喜歡你開這種玩笑。」

我繼續聲嘶力竭的吼叫：「紅雞，你給我出來，紅雞，你給我出來。」

而我拉起來的那個小孩也在大喊著他同學的名字。五分鐘又過去了，依然不見人影。我在岸邊來回的跳動，希望能看見紅雞他們，情緒緊張的作用下，我還跌了幾次跤，時間繼續一秒一分的過，我的眼邊已濕潤，分不清究竟是汗水還是淚水了。

我落寞的坐在岸邊，也不知過了多久，有幾個中年人來，我大約敘述一下狀況，其中一位騎摩托車出去再找人幫忙，之後許多警察及消防隊員都趕到了現場，三、四個人戴著氧氣筒下水，十幾分鐘後，在離上游側岸邊約十公尺的地方，發現他們二人，二個人都因該處潭底的急流，腳都卡在石縫中，無法游出水面。我看著紅雞躺在擔架上，慢慢遠離我的視線，我已經無法控制心中的悲痛，站在岸邊抽泣。

紅雞不幸被算命仙料中，真的在在二年內碰到水劫，沒躲過這場橫禍，就這樣撒手人寰，往西方極樂世界去修行了。這場災難如果我沒有把時間改成下午，或是我們在龍潭湖畔發現蝴蝶的蹤跡，或是我們沒有進入那條滿是長草的小徑，或是我們晚十分鐘到達出事地點，或者那些小屁孩不冒險游泳……，只要其中一個環節出現，就不會出現今天的憾事。我內心悲痛欲絕，那些我與紅雞共同的歡樂悲傷時光，一幕一幕浮現腦中，想到以後再也沒有機會跟紅雞促膝長談，兄弟之情戛然而止，眼淚已不聽使喚的奪眶而出，我終於體會到心如刀割的感覺，這種失去摯友的悲傷，是無可救藥的椎心蝕骨之痛，好像全世界即將煙消雲散毀滅了，嗚嗚。當晚我聯絡了殺手及肖仔來紅雞家守靈，他們一開始都以為我在開玩笑，經過我嚴肅認真的敘說經過後，二個人都半信半疑趕到紅雞家。我真的也希望我只是在開玩笑，我更希望開玩笑的是紅雞，然而這都是事實，無法改變了，如果時間能倒轉，我一定早上就陪紅雞去拍照，然後一起認真的尋找鳳蝶的蹤跡，拍完美照快快樂樂回家。

殺手和肖仔到紅雞家後，我們兄弟三人默默在靈堂前流著淚，紅雞母親紅著雙眼交代我們，香及蠟燭不能斷火，若將燒盡時需更換，這樣才可以指引紅雞到西方極樂世界。我們三個人在靈堂前，收起以往打鬧喧嘩的個性，感性聊著與紅雞過往的種種經歷，從終日打麻將玩世不恭的生活態度，到參加我們之間戀愛競賽，到發憤圖強考上台大土木系，一段精彩的人生歷程，述說給長眠中的紅雞聽，希望他能不落寞的離開我們。清晨六點多，紅雞母親從外頭帶了早點回來給我們吃，因為悲痛的心情而且一整夜沒睡，我們三個人根本沒有食慾，向紅雞母親道謝後，我們就各自回家了。

回台北宿舍後，我買了一個可以裝相片的桌飾，並把我和紅雞的二張合照放入其中，這桌飾可以讓我隨時看見我和紅雞的情誼，而我也把我們之間的玩笑話當真，「兄弟，是否要我用死諫的方式，你才肯認真唸書啊？」，「你如果真的死了，我就每天唸書到十二點來緬懷你。」。從回台北開始，跟肖仔約定聯考前不再鬼混，並在桌飾的陪伴下，我每天真的唸到十二點，而這時我才發現我以前唸書都不認真，純粹應付考試，所以忘得很快，即使去年有唸過，但總覺得講義內容都還蠻生疏的，目前只剩二個多月的時間，也只能硬著頭皮往前衝了。紅雞以前也教過我一些讀書的方法，做一張計畫表，把每天的時間分段和預定唸的科目詳細列出，然後按表操課。我依照此方法，把剩餘八十天每天讀書的時間排到凌晨一點，然後套上各科目按學期章節臚列，結果發現一個可怕的事實，即使英文不排進去，也唸不完，這下我才發現我浪費了很多寶貴的光陰。我把這張表放在桌墊下，努力的按照此表的計畫唸書，也希望紅雞在天之靈，保佑我考試順利，成為大學生。我的目標很明確，只要考上大學就可以了，我依照往例，在心底深處吶喊「蒲阿加油」，我相信此時臨陣磨槍，屆時不亮也光，由於紅雞的因素，我堅持唸書到聯考前一天，這是我有生以來，努力做同件事最恆久的一次。

14 菩薩賜給的運氣

時光荏苒，來到七月一日大學聯考的日子，受到紅雞的激勵，覺得似乎比去年多出一點信心可以考上大學。一大早到我的母校宜蘭高中考場，準備好好來應戰。

「蒲阿，這麼早，不符合你的個性喔。」肖仔遠遠就在跟我打招呼。

夭壽喔，第一個跟我打招呼居然是跟我一樣不正經的傢伙，霉運上身囉。

我：「不然是要讓別人一科，十點才開始考嗎？」

肖仔：「考五科跟考六科的結果一樣，我們都準備要去當兵，不是嗎？」

我：「呸，我今年比去年多讀了一點書，而你有美玲庇佑，根本不會去當兵了，要有信心。」

肖仔：「美玲等一下也會來陪考，我們找個地方一起休息吧。」

我：「好啊，就到體育館旁我們的祕密基地休息。不知殺手來了嗎？」

肖仔：「美玲有約惠華一起來陪考，應該等一下就到了，待會兒一起去秘密基地。」

過沒多久兄弟和他們的情人都到了，我們從校門口慢慢走到我們的秘密基地。走了二、三分鐘，惠華突然興奮的往旁邊叫著。

惠華：「秀芬，妳怎麼在這邊。」

秀芬：「嗨，惠華、美玲、金全、啟孝、蒲阿你們好。我來幫重考的同學還有一些學妹打打氣，希望他們能夠有好考運，考得好成績。」

唸大學的秀芬近一年不見，氣質越來越出眾，淡淡薄妝更顯現出美麗端莊，只要是男人，都會多看一眼，看到秀芬出現，全身器官，該硬的都在硬，真希望我的學識也可以硬起來，奪得好成績。只是她叫他們都用名字，叫我用綽號，還把我排在最後才叫，會不會排名最後，重要性最差呢？

惠華：「我們要去男生他們的秘密基地，要不要一起來幫他們加油。」

秀芬：「好啊，但我先跟同學打個招呼，跟她們說等一下再過來陪她們。」

只見秀芬跟她幾個同學及學妹嚷嚷幾句，就過來和我們一起走。殺手有惠華陪，肖仔有美玲陪，秀芬只好走在我旁邊。一早碰到肖仔的霉運，以有一失必有一得的理論推演，這霉運換得秀芬走我旁邊，我暗自竊喜，老天爺請您把所有衰事都給我，用以換得秀芬走在我旁邊一輩子吧。

我：「嗨秀芬，好久不見，大學生活應該過得很棒吧。」

秀芬：「還好啦，只是課業很重，與想像的有落差。你準備得如何？」

我：「還好吧，沒甚麼把握，不過今年我考運應該可以很好，考前碰到活菩薩。」

秀芬：「哈哈，你應該不會又想抱我的腳吧。」

我：「不用啦，你看這平安符。」

我從上衣左邊口袋拿出去年秀芬送給我的平安符。

秀芬：「這是我跟你結緣的平安符，你真的有帶在身上喔。」

我：「是啊，我還特別把平安符放在離心比較近的地方。」

秀芬：「為什麼要放在離心比較近的地方？」

我：「基本上我唸書都沒用大腦，都用死背的方法記在心裡，平安符離心比較近，也許考試時感應會比較靈驗一點。」

秀芬：「蒲阿，你還真迷信耶。」

到了我們的秘密基地，惠華和美玲都在幫她們的伴侶複習重點，真情流漏的在耳提面命。

我：「活菩薩，第一節考數學，還有半小時進考場，可以幫我猜一下重點嗎？」

秀芬：「我已經一年沒碰高中數學了，說實在，真不知今年的重點會有那些？不過以我去年的經驗分析，近幾年數甲的考題趨勢偏重在理解，而非死記公式，機率每年都會考，而排列組合是機率的基礎，所以排列組合很重要。」

聽完我頓時振奮起來，排列組合在前年暑輔課時導師還沒教，叫我們自己先唸，然後考試，紅雞考班上第一，我考班上的二，算是我拿手的章節，若真考出來，我應該有八成保握，觀世音菩薩拜託讓秀芬說中吧。

我：「這個我有點保握，希望能妳能說中。」

秀芬：「排列組合的題組變化非常大，思維邏輯要很全面，容易算錯。我建議你再翻翻以前考古題，加強一下。」

我現在只想算一算我追到秀芬的機率有多少，其他的我哪有興趣。

我：「嗯，謝謝。」

我邊看考古題邊思索等一下要跟秀芬聊甚麼她會有興趣的話題，這千載難逢的大好機會，怎能輕易讓它從指縫流失。

秀芬：「蒲阿，你先認真看，我等一下再來跟你提示。」

說完秀芬就離開，應該是去找她的同學跟學妹了。有可能她看我心不在焉，藉機離開一下，秀芬真像捧在手中的水，越想抓住流的越快。也可能我想太多，進考場前五分鐘她又回來了。

秀芬：「蒲阿，直線跟圓的關係那章節，你現在複習一下，因為要畫圖及理解並背公式，去年沒考，今年有可能考。」

我：「喔。」

我連忙找到講義，很快速的再把重點複習一次，加深印象。

我：「活菩薩，第二堂要考化學，妳可不可以幫我再重點提示，不要走嘛，在這裡跟妳的好同學聊天就好了啊。」

秀芬：「可是我那些同學跟學妹需要我幫忙，他們有問題時，我要幫他們去疑解惑。」

我：「她們應該很強，我比較需要妳這部活字典。這樣好了，我這次如果有考上大學，我一定幫妳完成一個使命，赴湯蹈火在所不辭。」

秀芬：「有沒有考上大學是看你平常夠不夠努力，單憑這幾十分鐘的提示，只是強化你的印象，很難影響最終的結果。」

我：「我覺得不一定喔，有時候菩薩有保佑，考運奇佳，會改變人的一生。」

講完這句話後，我向秀芬道謝，臉上掛著一抹淺笑，和殺手及肖仔肩並肩走向考場。

考完數學後信心大增，因為秀芬提示的重點都有考出來，機率及排列組合題組考了近二十分，另一題計算二個外接圓的直線切線方程式則考了十分，合計猜中快三十分，我加快腳步要跟秀芬報告這個好消息。回到秘密基地，並未看到秀芬，落寞之情油然而生。美玲告訴我，秀芬和她們聊了一陣子後，去了她們的同學和學妹那，等一下會來。果然進考場前十分鐘，秀芬又出現了。

我：「秀芬，感謝妳耶，妳的提示考了快三十分，我的考運超好的。」

秀芬：「這些你本來就會了啊，我只是提示一下而已。」

我：「沒想到你的分析預測能力這麼強，可以到補習班當老師了。」

秀芬：「時間不多了，趕快把化學週期表再背一下，尤其鈍氣和鹵素元素的性質，再複習一次。」

我趕緊拿起講義再猛背一番。十分鐘很快的過去了，再次向秀芬道謝後，準備再走向考場。

秀芬：「蒲阿，很抱歉，我下午有事，不能待在這裡。下午的物理，你把一些試驗的題目再看一看，應該會有不錯的效果。」

我：「蛤，你下午不在，那我離當兵的日子不就越來越近了。」

秀芬：「不要想那麼多，快去吧。」

化學果然考了鹵素元素的比較，而下午的物理也考了一題有關加速度試驗的計算，今天考的三科，我覺得都考得不錯，我開始懷疑秀芬是不是典試委員的女兒，要不然猜題怎會這麼厲害，對她的好感真的是與秒俱增，難怪紅雞陷入情渦無法自拔。

大考第二天，我還沒七點就到秘密基地，希望秀芬也能很早來陪考，其實考的好不好已不重要了，最重要的是秀芬能早點來，能和她坐在一起聊天看書，要我重考幾次都可以，菩薩您趕快顯靈，把秀芬請過來吧。哈哈，我蒲阿就是常有這種狗屎運，沒多久，在他們幾個還沒來時，秀芬就出現了。

我：「嘿，秀芬，我真的好崇拜妳耶，妳真的料題如神。」

秀芬：「我沒那麼厲害，是運氣好被我矇到的。」

我：「我如果有考上大學，一定好好答謝妳。」

秀芬：「先考好再說吧。蒲阿，我跟你說，今年暑假我到一家公司打工，提前到職場體驗社會生活，昨天下午先報到，所以沒留下來陪大家，等一下我就要去上班，所以今天也沒辦法留在這，先祝你考運亨通。」

我：「你是上班前特意繞過來幫我打氣喔，請接受後學三拜。」

秀芬：「除了幫你加油，還幫我那些同學及學妹加油。」

我：「能被妳關愛的眼神瞄到，我此生無憾了。」

秀芬：「哈哈，你就認真考試吧。今天考文科，偏重背誦記憶，你先把文言文的課文複習一下，能看多少是多少，要了解內容涵意，作文部分要注意起、承、轉、合的流暢度。」

我：「我當初不應該到台北補習，應該聘你為師就好了，若要散盡家業才能聘你為師，我也願意，只要聘妳為師，考上大學鐵定沒問題。」

秀芬：「老師只是傳業解惑，要有好結果還是要靠自己。蒲阿，我得離開了，祝你好運。」

我：「蛤，這麼快。我有個不情之請，萬一我不小心考上大學想答謝妳，要幫妳達成一個使命，可以給我妳家電話來聯絡妳嗎？」

講這句話時，我心臟都快跳出來了，祈求萬能的菩薩，賜給我電話吧。

秀芬：「到時候我會連絡你喔，再見囉。」

嗚嗚，快跳出來的心臟幾乎停止跳動了，眼前一片漆黑，我幾乎窒息了，要個連絡電話比考上大學還難，算命術士說我夫妻宮空虛，交女朋友很困難，果然這預測非常準確，連起步的機會都不給我，真不知道當初紅雞怎麼有辦法送她回到家門口，心裡糾結難受，哪有心情複習那之乎者也的古文。用「到時候我會連絡你」一句話來搪塞，我又不是三歲小孩子，聽不出這句話的意涵，等一下國文的作文題目最好是出「失落的人生」這類題目，否則我可能寫不出來。朋友和他們的情人陸陸續續到了，見我獨自拿著書發呆，肖仔開口便問。

肖仔：「蒲阿，你昨天是讀到幾點？沒睡喔，眼睛紅通通的。」

我：「我昨晚看黃色小說解壓，看到全身血脈賁張，兩眼充滿血絲，到現在還沒退。」

肖仔：「真的還假的，你不怕考到一半睡著了。」

我：「我就是要營造這種鬥志高昂的情緒，來超越自我的極限。」

肖仔：「你肯定可以超越自我的極限，一個晚上連看三本黃色小說。」

我：「你小聲一點，等一下被美玲聽見，若她知道我們都是這種好色之徒，你們可能很快就會分手了。」

肖仔：「不是我吹牛，我叫她立正，她不敢稍息，想跟我分手，除非是我提出來。」

我：「你真的有夠膨風，哪天興致來了，我一定抖出我們的黑歷史給美玲聽。」

肖仔：「好好，算我輸，我們的密史還是埋在記憶深處比較好。」

我：「會怕就好，我還以為你很有種咧。」

肖仔：「不要再跟你鬥嘴了啦，等一下還要保持愉快的心情進考場，以免失常。」

我：「我真的很想失常考個國立大學，一起加油吧。」

就這樣一整天在這種低落的情緒中應考，反正文科本來就是我的罩門，考不好也是理所當然。考完後覺得並沒有像預測中那樣糟糕，國文考的平平，跟以前差不多，文言文真如秀芬所預測，出了不少，可惜我八股文不通，不然成績應該可以精進，英文去年才考2分，這次應該會進步了，倒是三民主義我覺得考得不錯，我開始懷疑我是不是孫中山轉世，不然我的思想怎會跟他這麼貼近。三節考完回到家，我累的像條耕完田的牛，大字形的躺在床上呼呼大睡，早上低落的情緒已暫時消散。

這次大考完我並沒有像去年一樣拿補習班的解答來對我的作答，心想就把結果交給老天爺了。近三個月的用功努力，讓我身心疲乏，考完這三天不是吃就是睡，走失的魂魄又回到身上了，找回自我的感覺還不錯，全身輕鬆自在，這種蹉跎無意義的年輕歲月，也許是注定的天命，而我也只能認命。考完的第四天也許是前三天睡太多了，我一大早六點多就起床了，而在床上翻來覆去睡不著，索性就起個大早騎著摩托車出去閒晃。星期日放假，街上人較少，道路好像自家的，騎在對車道也沒人理，就這樣一路上享受著寧靜的自由。突然之間我想到，這次大學聯考我帶著秀芬送給我的慈安寺平安符應考，考運好像不錯，我應該到慈安寺拜拜一下，感謝菩薩保佑，順便再祈求讓我考得好成績，對，應該馬上過去。到慈安寺後，已經有許多人來此上香膜拜，這座廟宇莊嚴肅穆爐煙裊裊，置身佛雲中，有種心靈祥和及沐浴神威的感覺，所以終日香火鼎盛，我很自然的就跪在觀世音菩薩前恭敬祈禱。

「萬能的觀世音菩薩，我是林正浚，感謝您在我大學聯考時給我好運氣，讓我在準備不周全的狀況下，考了一些我會的題目，也希望您繼續保佑，不要劃錯格子，選擇題猜的可以答對很多，最後讓我可以順利考上大學，請接受弟子九拜。」我很專注很虔誠的閉眼拜佛。就在我拜完佛將起身時，有手碰我肩膀輕聲喚我。「蒲阿，你怎麼會在這裡。」，我揚頭一看，喜出望外是秀芬。

我：「我來還願順便再許願啊。」

秀芬：「我看你好虔誠在拜佛喔。」

我：「是啊，我一向如此。你怎麼會來這裡？」

秀芬：「這廟我常來，來拜佛算是我心靈上的寄託。」

我還沒許碰到秀芬這個願，秀芬就出現，黑面觀世音菩薩真的有夠靈感，早知道秀芬常來慈安寺拜拜，我應該每天都來這裡誦經唸佛，只要碰到一次，就值回票價。不過今日我看她眉頭深鎖，心裡似乎有甚麼事。

我：「秀芬，妳今天好像有甚麼心事，臉上有點焦慮的樣子。」

秀芬：「蒲阿，妳察言觀色還蠻厲害的，我確實有點事要來求觀世音菩薩。我父親身體一向硬朗，但是前天突然中風了，現還在住院，所以我來慈安寺替我爸祈福，求觀世音菩薩保佑我爸趕快康復。」

我：「有嚴重嗎？需不需要我幫忙？」

秀芬：「還好父親同事發現得早，立刻送醫院，經醫生檢查，算是輕微的中風，但可能會稍微影響左手及左腳的動作，出院後需要做復健。」

我：「妳來廟宇求菩薩保佑父親，心地善良又孝順，妳父親一定可以很快康復，所以不要太擔心。」

秀芬：「謝謝你安慰，我等一下拜完要去醫院替換我弟弟，所以沒時間跟你聊天，請你見諒，再見喔。」

我：「妳先忙吧。」

我在旁邊默默看著秀芬，她點了三柱清香，比我更虔誠在膜拜，望著她的倩影，我真的陶醉在她的舉手投足之間，每一分豪的舉動，都令我心曠神怡，我第一次感受到異性的魅力居然如此強大，大到捨不得閉上眼睛。秀芬拜完後看到我還沒走，又過跟我寒暄。

秀芬：「欸，蒲阿，你還沒走喔。」

我：「是啊，想問你有甚麼需要我幫忙。我覺得我可能會考上大學，所以供妳差遣一次的承諾，妳可以先拿來用。」

秀芬：「那先恭喜你喔，目前好像沒甚麼事需要你幫忙的。」

我：「我有騎摩托車，可以載你到醫院，這樣可以省很多時間。」

秀芬：「這裡到醫院不會很遠，我騎腳踏車一會兒就到了。」

我：「仔細想想，真的沒事需要幫忙？」

秀芬認真的想了一下回答：「好像沒有。」

我真的好希望她說好啊，你幫我⋯⋯。

我：「好吧，我家電話號碼三二五四四八，三加二等於五，四加四等於八，要牢記喔，有甚麼事需要我幫忙，儘管吩咐。」

秀芬：「嗯，好的，謝謝你。」

我帶著愉快興奮的心情離開慈安寺，能在這遇見秀芬，或許是菩薩的安排，還好今天早上沒睡死，才能這麼幸運遇見她。

15 夢寐以求的機會

隔天我背叛了生理時鐘，依舊起個大早到慈安寺，希望與我的夢中情人再次不期而遇。但是就算我在菩薩面前花了二小時拜求千百次，終究事與願違，沒見到秀芬的人影，期望越大失望就越深，我落寞的離開慈安寺，整天心神恍惚。傍晚我正無所事事望著彩霞做白日夢時電話鈴響了，真希望是找我的，可以跟我瞎扯一下，我無聊到想拿起掃把掃地了。

我：「喂，請問找誰？」

秀芬：「蒲阿嗎？我是秀芬。」

哇靠，我的心跳立刻從72下提升至180下，忽然之間白日夢充滿彩霞。

我：「嘿，秀芬妳好，父親好多了嗎？」

孝順的女孩應該會很在意周遭的朋友是否關心她的家人，工於心計應該也是我的專長之一。

秀芬：「嗯，應該再二、三天就可以出院了，謝謝你的關心。」

我：「有妳這麼孝順的女兒守護他，一定很快可以痊癒。」

秀芬：「謝謝。我可以不可以……。」

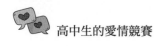

我：「可以可以，有甚麼事妳儘管吩咐。」

秀芬：「我都還沒講甚麼事，你就答應，你不怕我把你賣掉。」

我：「能被你賣掉，那代表我很值錢，出個價吧。」

秀芬：「呵呵，是這樣子的，因為今天我在打工的公司做比較晚，我六點還有一個家教要兼差，你可以載我到員山那邊嗎？平常有甚麼事都是我爸騎摩托車載我的，而圓山騎腳踏車過去時間有點久，所以想請你幫我一下，載我過去。」

老天爺怎麼這麼疼惜我，賜給我這麼好的機會，不要說圓山，就算騎到屏東我都願意，真希望她爸爸在醫院多住幾天，讓我天天有機會載秀芬，靠，我心腸真壞，趕快回收壞心眼的想法，左手順便在臉頰扒一下，菩薩請原諒我。

我：「你在哪裡打工，地址給我。」

秀芬：「中山路28號，合作金庫旁邊。」

我：「三分鐘後到，妳在一樓等我。」

我衝到亭仔腳，騎上摩托車，以時速120公里連闖了二、三個紅燈後，於2分36秒到達目的地，秀芬看到我嚇了一大跳。

秀芬：「你家住這旁邊嗎？怎麼這麼快。」

我：「怕妳遲到被扣錢，所以飆車過來。趕快上車吧，妳交代的任務，我使命必達。」

秀芬坐上車後，把她的包包放在我和她中間，雙手緊握後座把手，讓我根本沒機會吃她豆腐，也似乎在宣示著我們只是普通朋友，她是來搭便車的。

秀芬：「在員山國中附近一棟透天別墅，慢慢騎不用飆車，應該不會遲到。」

我：「我會慢慢騎，一定安全的護送妳到達目的地。妳白天打工，晚上還兼家教，妳是很欠錢嗎？」

秀芬：「我有跟你說過，打工是為了提前到職場體驗社會生活，而家教是我高中數學老師介紹我過去的，我不好意思拒絕。每週的一、三、五教高中數學、物理、化學。這學生家裡很有錢，她的父母希望女兒在學業方面能有突出的表現，所以請家教來家裡輔導她。暑假打工和家教有很多好處，況且你不覺得學費自己繳很有成就感嗎？」

我：「是的，非常有成就感，我如果有考上大學，我也要自己繳學費。我現在每天在家閒得發慌，假如妳發現有甚麼打工的機會，要介紹給我喔。妳現在公司有沒有欠工讀生啊？」

秀芬：「這家是小公司，是我父親朋友介紹的，應該沒欠人。如果有好的打工機會，我再介紹給你。」

我：「好喲，等我第一次領薪水，再給你仲介費。」

秀芬：「不用啦，有介紹成功最重要。」

此時的我，根本不太想騎到目的地，如果時光在此停歇，我就可以享受這永恆的幸福，真的希望可以度秒如年，直到海枯石爛。想歸想，還是必需在六點前送秀芬到目的地，否則以後沒機會載她了。到達目的地後，秀芬下了車。

我：「秀芬，你幾點下課？我載妳回公司牽腳踏車。」

秀芬：「七點三十分，蒲阿謝謝你喔，你人真好。」

我：「沒問題，準時到。」

秀芬進屋後我開始思索，她說我人真好，難道她看不出來我的偉大抱負嗎？我現在是用盡心機想把她追到手，任何可達標的機會都不會放過，除非叫我去死外，否則她吩咐的任何要求我都會答應。想著想著，突然一股恐懼感從心底浮上來，秀芬在成大會不會已經交男朋友了？聽說成大男學生與女學生的人數比例約20：1，形成僧多粥少的局面，而且這些成大僧侶不是吃素唸佛的，個個像外島剛退伍正在發情的阿兵哥，看到女同學都想過去配種，即使平淡無奇的清粥，都有人在搶著喝，何況秀芬是碗極品的龍蝦鮑魚粥，大家應該會搶破頭，不知秀芬是否被人端走了？找機會要問問看，這股不安感，讓我胡思亂想的坐在路旁一個半小時，路過的蚊子都已經飽餐一頓了。七點三十五分，秀芬微笑走出屋外，看起來應該教的很順利。

秀芬：「嘿，蒲阿，你很準時喔。」

我：「打工本來就需要很準時，否則老闆會不喜歡。」

秀芬：「打工？你要向我領錢嗎？。」

我：「我是在打工啊，現在妳是我的老闆，我的待遇就是妳介紹我一個打工的機會。不過妳不用擔心，沒介紹成沒關係，我是自願打無給職的工，況且這是欠妳的承諾。」

秀芬：「你這樣我壓力很大耶。」

我：「千萬不要有壓力，妳如果覺得過意不去，到時候請我吃碗冰或者吃碗麵，我也會很高興的。」

秀芬：「好啊，我請你去黑店吃冰。」

黑店儼然成為宜蘭市冰品的地標，只要想吃冰，就會想到這間店，將來有機會，我要開一家比他更黑的店，名揚四海。

回到秀芬打工的地方，夜幕低垂華燈初上，宜蘭市最熱鬧的街頭正瀰漫著晚餐的飯菜香，我是不是該請秀芬吃個晚餐。

我：「秀芬，妳肚子會餓嗎？要不要我請你吃個飯？」

秀芬：「我不會餓，我想早點到醫院看我爸，不然應該是我請你吃飯才對。」

我：「看父親重要，妳先去醫院吧。」

秀芬：「好，那我先過去囉，再見。」

我：「妳先等我一下。」

我跑去斜對面的麵包店，買了二個剛出爐香噴噴的麵包，遞給秀芬。

我：「麵包妳拿著，你可能沒時間可以吃飯，晚點有空時可以吃。」

秀芬：「不用啦，你留著。」

我：「我要吃再買就有了，這麵包好香喔，剛才結帳時我真想先咬個二口，一定很好吃的，妳就拿去吧。」

秀芬：「我真的不餓，你留著。」

我：「妳若真不餓，就拿給妳的家人吃吧，他們應該很餓。」

經過我死纏爛打硬是把麵包塞給秀芬。

秀芬：「蒲阿，謝謝你。」

我：「後天我一樣下午五點來送妳去圓山家教喔。」

我看秀芬在沉思，不曉得到底是要接受還是拒絕，乾脆不要等她回答，反正我就死皮賴臉堵在她公司門口，霸王硬上弓就對了。我摩托車轉個向，準備騎走了。

我：「後天見，**BYE BYE**。」

我見她朝著我微笑，點了點頭。今天是大學聯考後我過的最有意義的一天。

星期三下午四點五十分我就到秀芬打工的公司等她下班，這二天一直在忐忑不安的情緒中胡思亂想，秀芬到底有沒有男朋友？我要如何開口問她呢？萬一她說已經交男朋友了，我要如何應對？想想之後，覺得人生海海，頂多就是鎩羽而歸，心裡勸自己看開點，又死不了。五點多秀芬走出公司，今天還蠻準時下班，坐上摩托車後，開始話家常，真希望譜出一段摩托車之戀。

秀芬：「嘿，蒲阿，你是不是很早就來了？」

我：「是啊，你爸出院了嗎？我早點來，看是否需要幫甚麼忙。」先關心她父親，博取好感，塑造我也是孝順一族的形象。

秀芬：「我爸今天早上出院了，我媽打電話跟我說一切順利，因為傷的不重而且很早就送到醫院，後續復原應該很樂觀。」

我：「我就說嘛，吉人自有天相，一定沒事的。」

秀芬：「謝謝你，你載我到圓山應該很麻煩吧？」

我：「一點都不麻煩，打這種不用花腦筋的工，最適合我了。」

秀芬：「聽你這樣講，好像很想工作。」

我：「隨緣吧，等放榜的日子很無聊，若能出賣勞力打工賺零用錢，那生活就會充實很多，也不會成為左鄰右舍的話題。」

秀芬：「你想法很不錯喔。」

我心中暗忖，我吐出來的每個字，都是在迎合妳的口味，一個溫柔善良孝順顧家的女孩，我早就摸清了妳的心思，該講什麼話，我清楚得很，講出來的話，當然都是妳喜歡聽的，馭人先馭心嘛。

我：「如果沒考上大學，我就先去當兵好了，出賣勞力給國家。」

秀芬：「你會考上的，我對你有信心。你若沒考上，我已經交代你做這麼多事，要怎麼賠你啊。」

我：「就賠我一碗冰，為我餞行吧。風蕭蕭兮易水寒，壯士一去兮不復還。」

秀芬：「呵呵，當兵哪有那麼可怕。」

我：「秀芬，我問妳一個問題。是不是唸大學後就會交男女朋友？」

秀芬：「不一定吧，看個人的想法。像我就沒交男朋友啊，我們系上課業很重，而且我已經立好考研究所的目標，所以沒時間談兒女私情。」

哈哈哈，我就是要這個答案，二天來的不安感立刻煙消雲散，心中立刻充滿興奮喜悅，立刻不自主地大喊。

我：「萬歲萬歲，中華民國萬萬歲。」

秀芬：「你怎麼了？」

我：「突然想到可能會去當兵，剛好看到光復國小操場上的國旗飄揚，情不自禁練習喊口號一下。」

秀芬：「你真的是一個性情中人。」

我：「跟妳一樣的性情中人。」

惱人的問題得到完美的答案後，整個人心情輕鬆自在，兩眼望去盡是美景，路旁的行道樹在風中翩翩起舞搖曳生姿，連晚霞都映出了花朵的艷麗，真想擁抱這一草一木，融入這幅優美的風景畫。

我：「今天早三十分鐘到，等一下是否七點就下課了？」

秀芬：「雖然早到，但我想還是準時下課好了，可以幫學生多複習一點。」

我：「好的，那我一樣七點三十分來接妳囉，再見。」

秀芬：「嗯，好，再見。」

前天心情亂糟糟，坐在路邊等秀芬，和很多蚊子結成有了血緣關係的親戚，這次我變聰明了，到附近一家有冷氣的小吃店吃冰，不但消暑解渴，還可以避開惱人的蚊子。我點了一碗四果冰，慢慢的咀嚼起來，不知道要怎麼個吃法才能用二小時吃這碗冰，吃了二口覺得老闆糖漿放太少，像我這種蜜蜂轉世的人，吃起來當然不夠甜，不過這老闆很貼心，桌上有透明塑膠罐裝著草莓醬讓顧客自己加，我拿起草莓罐往冰上擠了一大坨，感覺果醬顏色深了一點，管他的，先攪和再說了，攪著攪著老闆走了過來。

老闆：「少年仔，很少看到吃冰在加甜辣醬的。」

夭壽喔，這是甜辣醬不是草莓醬，難道我還沒從亂糟糟的心情中甦醒過來，還是眼睛臨時性脫窗，這時看清楚了，店內除了賣冰以外還賣甜不辣，難怪甜辣醬放在這麼明顯的桌上讓顧客加，我看這碗冰就這樣報廢了。

我：「這我的習慣啦，我吃冰喜歡吃甜甜辣辣的，這樣更有味道。」

老闆：「這樣喔，你算是一個怪人。」

我：「頭家，你沒聽過海畔有逐臭之夫嗎？」

靠，我怎麼這麼好勝，承認錯誤就好了啊，幹嘛硬掰，這碗冰四個小時都吃不完。就這樣邊看電視邊吃有生以來最難下嚥的冰，雖然我的八字不是很硬，但是個性卻硬的很，硬是把這碗冰塞到胃裡，這胃液波濤洶湧，幾乎把今天吃的東西都曬到地上去，我看今年暑假不會再吃冰了，因為看到冰都想吐了，希望這衰事可以換一些好事上身。回到豪宅別墅，等了快二十分鐘，秀芬才出來，而且臉上浮出非常高興的表情。

秀芬：「嘿，蒲阿，我跟你說一個好消息。」

我：「你領薪水要請我看電影嗎？」，我把心底渴望的事毫無隱瞞說出來。

秀芬：「不是啦，剛才學生的爸爸跟我談，說他唸國一的兒子很皮，暑假期間整天不是往外跑就是在看電視，都不讀書，他也想幫兒子找個家教，教他數理化，我就跟他推薦你，他說只要是我推薦的一定是不錯的，要請你進屋談談，好不好？如果家長同意，你就跟我一樣，星期一、三、五晚上來這裡幫他兒子補習。」

我毫不思索地回答：「當然好啊。」

秀芬：「那你現在跟我進屋一下。」

我是因為可以載秀芬來上課而立刻答應點頭，而不是因為有錢可以賺。當老師這件事我連作夢都沒想過，以學校老師對我的評價「校園的學渣敗類」，貼上這種標籤的我，居然可以為人師表，不知道教了以後會不會誤了他一生。但家長說兒子很皮，整天不是往外跑就是在看電視，都不讀書，跟我個性那麼像，搞不好會非常合得來，管他的，先進屋再說了。

進屋後才談五分鐘，家長也不摸摸我的底子，就欣然接受我來教他兒子，這也讓我學到一門重要的社會學，跟優秀的人在一起，只要他擔保，自己也跟著優秀了，就像綁在龍蝦上的草繩，往秤上一丟，草繩也跟龍蝦齊價了，我一定要抓住秀芬這隻優秀的大龍蝦，除了完成追到秀芬這大事外，也提升自己的價值，以我這狡黠的頭腦，要收服單純的秀芬，應該有機會。

秀芬：「蒲阿，你要我介紹工作這件事我已經完成，載我來上課還要跟我收費嗎？」

我：「非常感謝你，怎麼可能跟妳要錢，而且等我拿到薪水，一定請妳吃大餐。但是我不知道我是否有能力可以教書。」

秀芬：「你能考上宜蘭高中，代表你的國中底子很好，教數理化應該沒問題，如果有碰到很困難的題目，你可以問我啊。」

我：「好喲，謝謝妳。」

秀芬：「之前你說想吃冰，那等一下我請你去黑店吃冰慶祝你開始當家教。」

聽到吃冰這二個字，剛才我吃的甜辣醬四果冰胃中殘骸，已經奔騰到我的喉頭，快要像噴泉一樣湧出，但我還是忍住吞了回去，為了多跟秀芬相處，一分一秒我都不想放過，即使再吃一碗冰會吐到滿地開花，我也願意。

我：「走，慶祝去。」

到了黑店，顧客還蠻多的，很多人應該是來吃飯後甜點吧，我們找了最角落的位置坐下來。古云「百年修得同船渡，千年修得共枕眠」能和秀芬一起吃冰，算是修了百年的福氣，真希望我和秀芬已經有修了千年的福分，日後可以永結同心，越想越興奮，等一下有機會時應該向她表白一下，縱使被拒絕，只是難過一下，應該沒損失，對，追女孩子臉皮就是要厚一點。

我：「秀芬，你要吃甚麼冰？我去點。」

秀芬：「我想吃四果冰。」

不會吧，這麼巧，吃的東西居然有共同的嗜好，那結婚後煮飯就很容易整合，嘿嘿，這是夫唱婦隨天注定的一小步。

這家店的規矩還真多，要自己排隊取冰，最重要的是必須先付錢，不讓你有退錢的機會，本來是秀芬要請我吃冰，看來我要掏腰包付錢了，能和秀芬一起吃冰，就算花光積蓄都無所謂。我拿了一碗四果冰及一碗粉圓冰回座位，邊走邊訐譙，媽的，果真是一家黑店，有記憶這幾年來，價格翻三倍，冰量卻只剩三分之一，等我嘴不饞時，我一定要發起拒吃黑店運動。

我：「妳的四果冰來了，趁涼趕快吃。」

秀芬：「呵呵，冰會熱起來嗎？」

我：「妳喜歡吃四果冰？」

秀芬：「是啊，我喜歡吃水果。」

我心想怪不得秀芬的皮膚水嫩水嫩的，原來喜歡吃水果。我也很喜歡吃水果，不過我吃的水果下肚後都變成蜜餞了，所以皮膚就跟烘乾的水果一樣，黯淡無光。

我：「那妳還喜歡什麼？」

秀芬：「我喜歡閱讀勵志文章還有聽西洋抒情歌曲等。那你喜歡什麼呢？」

機會來了，要怎麼表白呢？我看單刀直入好了。

我：「我喜歡妳。」

秀芬：「我是問你的興趣是什麼啦？」

我：「我的興趣就是沒看到妳的時候想念妳。」

秀芬：「呵呵，你真會說話。不過我要跟你抱歉，我應該有跟你提過，我已經立好考研究所的目標，所以沒時間談兒女私情喔。」

這回答本在我預料之中，反正我就死皮賴臉努力纏，一定會讓妳軟化。

我：「這我知道，我先跟妳表白一下，如果將來妳有意要談感情時，記得要留個位置給我。」

秀芬笑而不語，基本上沒吐我口水或賞我巴掌就是一個好結果，我認為時間就像一條橡皮筋，可以慢慢拉近我跟秀芬的距離，總有一天，秀芬會把機車後座那個該死的大包包拿走，然後溫柔的抱著我坐在後座，嗯，這黑店的冰越吃越甜，越吃越好吃。

今天是我當老師的第一天，我穿上了最喜歡的白襯衫黑西裝褲，想要一身體面教第一堂課，秀芬看到我這身打扮，笑嘻嘻的看著我。

秀芬：「你今天穿的好正式喔，服裝我覺得很眼熟。」

我：「就上次去今日餐廳穿的那一套，還被誤會成是泊車小弟呢。」

秀芬：「哪像泊車小弟，很有氣質的樣子呀。」

我：「謝謝，希望今天不會漏妳的氣。」

秀芬：「一定不會啦，但是我要提醒你一點，當家教要有愛心、細心及耐心，要有孔子有教無類的精神，即使學生程度不好，一定要發揮這三心來教導喔。」

我：「謝謝妳，我知道了。不過我只會使用細心及耐心這二心。」

秀芬：「為什麼？」

我：「我想把『愛』心留給妳。」

秀芬：「蒲阿，當老師要正經一點喔。」

我：「知道了，出發。」

到豪宅後一個皮膚黝黑的小男孩跑過來，露牙吐舌做個鬼臉後大聲叫著「老師好。」

一樣米養百樣人，含著金湯匙出生的小孩，總是無憂無慮享受物質優渥的生活，從來不用煩惱吃不飽睡不暖的問題，整天晃頭晃腦把時間晃掉，也許跟我一樣，晃了一生，他跟我只有一點不同，我必須要自力更生辛勤工作，才能換得溫飽。

「達啦，去房間書桌坐好，老師要上課了，還在調皮搗蛋，等一下我叫老師揍你。」小男孩母親在斥喝著。

「老師，達啦不乖時，你就用這棍子揍他。」小男孩母親遞給我一支藤條。

這藤條真眼熟，以前班導就是拿藤條敲桌面來威脅大家，而我也被班導的藤條伺候過，「己所不欲勿施於人」我不可能拿藤條來威脅小男孩，更不可能拿藤條打他，畢竟我不可以把自己恐懼的陰影轉到小孩身上。

我：「達啦，我們今天第一堂課先上數學。」

達啦：「老師，你可不可以先陪我玩一下？」

我：「你要玩什麼？」

達啦：「我們來玩撿紅點，輸一分一塊錢，要不要？」

靠，竟然找我賭博，我若跟他賭，搞不好還沒領到家教錢，就欠了一屁股債。

我：「不行，小孩子怎麼可以賭博。」

達啦：「你沒賭博過嗎？」

慈悲的菩薩，為了這小孩的未來，請容許我說謊吧。

我：「我不會賭博，也不喜歡賭博，賭博會害人，會讓人傾家蕩產，所以請你以後不要賭博。」講得我耳根有點熱，我每次唬爛都會這樣。

達啦：「那我們不要賭，純消遣好了。」

我：「你爸媽花錢請我來教書，不是請我來陪你玩，你如果課程沒學好，你不覺得很浪費錢嗎？」

達啦：「我又不喜歡讀書，請家教就是浪費錢，既然已經浪費錢了，我們就不要再浪費時間，陪我玩吧。」

我：「不行，我要對得起自己的良心，我們上課吧。」

小孩很不情願的去找他的數學課本，大概找了五分鐘，才找到國一上下學期的課本，竟然和我當初送人的參考書一樣，奇新無比，我似乎遇見了同道中人。我翻了一下國一上的課本，都是一些基礎數學，我應該應付得來。

我：「我先來講幾何圖形，從簡單的三角形開始複習。你應該有學過三角形吧？」

達啦：「有，這個我很厲害。」

我：「首先三角形的定義，兩邊之和要大於第三邊，而且三點不能『共線』，你知道什麼是『共線』嗎？」達啦：「拿有用的東西去給別人就是『貢獻』。」我：「達啦，我是在教數學，不是在教國文。」我開始有點小火氣了，「三點成一條線叫『共線』，知道嗎？」

達啦：「我哉呀。」

接著我講解了幾道三角形兩邊之和要大於第三邊的習作，看他似乎已經有所領悟了，所以我就自己出了一道選擇題讓他練習看看。

達啦：「老師，答案是C，28。」

我：「不錯喔，孺子可教也，正確。」

達啦：「哈哈，我那也價厲害，老師，你稍等一下。」

只見達啦就跑出房門，不知道幹什麼去了，五分鐘後才回來。

我：「你跑去哪裡了？」

達啦：「老師，我跟你說喔，我數學很少算對，剛才這題我算對後全身有一種顫抖的感應，我想這期要出28了，我趕快去跟我媽說，我怕等一下會忘記。」

我：「你媽有在簽大家樂？」

達啦：「有喔，我爸媽都有在簽，我偶爾會給他們報明牌。你不用擔心，他們都簽小小的，娛樂一下而已，就像我找你賭撿紅點那樣，純娛樂。」

我：「反正賭博就是不好，我勸你不要隨便跟人家賭，如果被人詐賭，會欠別人很多錢。」

靠，真的是上樑不正下樑歪，小孩子有樣學樣，難怪一進門就找我賭錢。

達啦：「喔，那我等一下去跟我媽說，老師叫妳不要再賭了。」

我：「我是勸你不是勸你媽，不要隨便亂傳話。」我的耐心正慢慢被侵蝕。

達啦：「我哉呀啦。不然我們來聊天好了。」

我：「我是高中生，你是國中生，有什麼好聊的。」

達啦：「老師，你知道我的名字可以編一首歌嗎？」

我：「什麼歌？」

達啦：「達啦……達啦……達啦達啦達啦達啦……」

這首頑皮豹是我把妹的歌，居然被這個小屁孩拿來糟蹋，我的右手順勢摸到藤條，我已經按耐不住了，怎麼有這麼皮的學生。我舉起了藤條，本來想往他的頭敲下去，但是我忍住了，最後往自己的手心打了一下，因為我發現這魔鬼簡直就是我的化身，此時也才知道這種學生令老師討厭，無怪乎老師會氣我氣到七竅生煙。

達啦：「老師，你怎麼打自己啊，你做錯什麼事？」

我：「教了你後，我才發現我以前做很多錯事，我在懲罰自己。」

達啦：「老師，你不要太自責了，知錯能改善莫大焉。」

這小子居然在對我說教，如果我教到暑假結束，應該會折掉十年陽壽。

下課後回家的路上，我跟秀芬分享我的教學處女作。這第一堂課，我真的發揮了愛心、細心及耐心，否則這小孩子現在應該在醫院躺著。

我：「這學生程度真的很差，很難教。」

秀芬：「萬事起頭難，要多一點耐心喔。」

為了討好秀芬，反正她說的都對，我都照她的話來做。

我：「有，我都照你的吩咐來教，希望把他教成全班第一名。」

秀芬：「嗯，沒錯，老師就是要比學生有更遠大的志向，這樣才會成功。」

我：「你是唸成功大學的，所以無論做什麼事，最後一定都會成功。」

秀芬：「呵呵，你很會穿鑿附會耶。」

我：「我講話都不太修飾，憑直覺就脫口而出，所以最真誠了。」

秀芬：「有時候你講的話還蠻好笑的。」

我：「對啊，有同學說我連打嗝的聲音也很好笑。」

秀芬：「呵呵，你打嗝的聲音有節奏嗎？」

我：「對啊，就跟電話鈴聲一樣，一小節有四拍。」

秀芬：「電話鈴聲哪有節奏啊。」

我：「妳可能沒有仔細聆聽，妳的電話給我，以後妳家裡的電話鈴聲聽起來有節奏的，就是我打的。」

秀芬：「要我的電話號碼還這麼拐彎抹角。」

我：「是啊，怕被妳拒絕啊。」

秀芬：「我家裡電話三二三一七三，打工的電話三二三二五八，記起來了嗎？」

我：「我對數字最敏感了，這號碼我已深烙心中了，想又想一直想，剛好可以詮釋沒見你時對妳思念的感覺。」而打工的電話號碼前三碼跟家裡電話一樣，後三碼二五八，是打麻將我很常聽的三個洞二五八萬，也是我當我看肖仔不爽時常說的一句話，幹嘛跩個二五八萬似的，所以很好記。

秀芬：「呵呵，你真的很會聯想喔。」

只要秀芬高興，我也會很高興，畢竟她的一顰一笑都牽動著我身上千萬條神經。而且我最享受我用摩托車載她的時光，像是載情人兜風賞景，雖然她現在不是我女朋友，但是我相信，總有一天我的夢想會實現。

76 出乎預料的成績

時間慢慢推移，雖然每週有三天可以聚首，但跟秀芬的感情似乎升溫速度很慢，感覺只比普通朋友高一些而已，她的考研究所用功唸書這道心防，我應該要想辦法解開一下。今年大學聯考放榜的時間比去年早一些，在七月下旬就放榜了，而且還首度開放電話查榜，亦即在沒收到成績單前就可以用電話查詢自己是否有考取大學，而且可以知道錄取的學校科系。放榜這天早上，我七點三十分就守在電話旁邊，等待八點一到立即打電話，在等待時刻，心臟撲通撲通亂跳，坐立難安，老媽一直陪在我身邊，也看出我的緊張，跟我聊些五四三的話題，緩和一下我的緊張情緒。

老媽：「你今年是考得好還是不好？都沒聽你提到考試情況。」

我：「我沒對答案，所以我自己也不曉得考的如何。」

老媽：「應該考的不錯吧？你不是常說，你如果沒考上，那宜蘭縣就沒有人可以考的上。」

我：「媽，拜託一下，我現在不敢像去年一樣臭屁，還是低調一點，沒考上也不會那麼丟臉。」

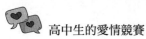

老媽：「沒考上就先去當兵，當兵回來趕快娶個老婆生小孩，只要肯努力，沒讀大學也可以很有出息，你看王永慶，只有小學畢業，有多少大學生在幫他賺錢。」

我：「我又沒對象，怎麼結婚？」

老媽：「我跟你偷講，那天我碰到阿春嬸，她說他們家巷仔尾有一個查某囝仔，今年十七歲，國中畢業就去工廠做工賺錢，生的漂亮，她老爸有再幫她找對象，不然你先跟她訂婚，當兵回來就結婚，你看按怎。」

我：「妳嘛拜託一下，沒還沒放榜，你就在詛咒我沒考上大學喔。」

老媽：「我是用最壞的打算，幫你喬最好的結果。」

我：「妳毋通擱黑白木阿，我免相親就可以娶到某啦。」

老媽：「那個算命的說……。」

我：「算命的話如果可以聽，狗屎都可以炒青菜了。」

老媽：「我想想耶，你如果沒考上大學，可能對我來說是個好消息，你可以提前結婚，我提早做阿嬤，這樣也不錯。」

我：「妳不要再亂講了，妳再亂講，我以後就不結婚。」

老媽：「好好好，不講了。」

八點一到，我立刻撥了查榜電話，可是撥了幾通都在佔線中，我在想我們宜蘭電話查榜可能比較吃虧，因為屬長途電話，要先撥〇二後再撥查榜電話，電話連接的速度會比台北直撥慢很多，沒關係，我就用耐心跟你耗，總有撥通的時候。撥了二十幾分鐘後，終於不小心通了。

電話：「這是大學聯考電話查榜服務，請輸入您的准考證號碼。」

我小心翼翼地輸入准考證號碼，過了十秒鐘，電話裡頭沒有半點聲音，不會吧，因為我沒上榜，所以找不到資料？天公伯、觀世音菩薩拜託保庇一下，讓我考上啦，在這度秒若年的時刻，每一次的心跳，都讓血管末梢幾乎漲裂，身體差一點的話應該會中風。十幾年過後，電話那頭終於傳來聲響。

電話：「准考證號碼八一〇二五六，恭喜您，錄取國立成功大學測量工程學系，重聽請按一，結束請按〇。」

我連續按了五次一，為了是確認准考證號碼是否有錯，再來是享受這種金榜題名的快感。我居然可以考上國立成功大學，我第一個想到的是去世的摯友紅雞，沒有他，我應該是去當兵了，再來就是要感謝秀芬考前的猜題，讓我多拿了幾十分，才有機會考上成大。還要感謝父母無怨無悔的相挺，從來不會給我包袱壓力，考上成大應該是我目前這輩子人生的巔峰。我覺得這時候像是在金馬獎頒獎典禮上領獎，盡說些制式的感謝詞。

老媽：「啊是有考中沒，看你在傻笑，是考上哪一間？」

我：「失敗……。」

我話才講二個字我老媽就插嘴了。

老媽：「失敗就失敗，沒要緊的，啊無就照我的意見，先來跟那個查某囝仔提親，……。」

我：「稍等一下。」我大聲喊著。

老媽：「我看邁等卡好啦，機會稍縱即逝，……。」

我再次用高分貝的音量打斷我老媽說話。

我：「我是說稍等一下聽我說，我考上『失敗的兒子』那一所大學。」

老媽：「那是哪一間大學？」

我：「你沒聽過失敗為成功之母嗎？失敗的兒子就是成功啊，我考上國立成功大學測量工程學系。」

老媽：「哇不錯喔，那也這厲害。啊測量是在做甚麼的？」

我：「我也不清楚啊。有可能是做警察喔，我每次看到車禍時，警察大人總是拿著尺在量啊量畫啊畫，搞不好測量系就是在學這個。」

老媽：「做警察也不錯喔，公務人員安定袂賺大錢啦，算名的算得很準，說你財庫平平，以後事業雖然袂賺大錢，但是應該袂餓到。」

此刻我興高采烈心潮澎湃，萬萬都沒想過我能考取國立大學，而且是成功大學，竟然可以去當秀芬的學弟，秀芬當初說希望今年能在成大見到我，我居然做到了，沒讓她失望，我得把這個好消息告訴秀芬，分享我的喜悅，至於我老媽到底在講甚麼五四三的，對我來說已不重要了。要怎樣對秀芬說這個好消息呢？我思索一陣子後，撥了電話給在上班的秀芬，好不容易接到她手上。

秀芬：「喂，蒲阿嗎？」

我：「秀芬，妳好厲害，怎麼知道是我？」

秀芬：「我上班的電話只有家人和你知道，同事說有個男生找我，所以我就猜是你。」

我：「我跟妳講一個好消息，剛才電話查榜，我考上大學了。」

秀芬：「真的啊，恭喜你耶，考上哪裡？」

我：「妳猜猜看。」

秀芬：「台大嗎？」

我：「妳太看得起我了吧。我要去當妳的學弟了，意不意外啊？」

秀芬：「嗯，不錯喔，我當初就有鼓勵你多讀書，希望能在成大看到你，你做到了。」

我：「真的要好好感謝妳，考前幫我抓重點，而且送我一個平安符，讓我考得順利。」

秀芬：「最主要是你有用功，才能上成大。考上哪個系？」

我：「測量工程學系。」

秀芬：「這學系是在學什麼你知道嗎？」

我總不能把我對老媽講的警察大人拿著尺在量啊量畫啊畫那一套說給秀芬聽，這些聽起來根本不像大學的課程，應該要說些高深莫測的科學理論，讓秀芬佩服佩服。

我：「我剛才有想了一下，測量工程應該是學一些高深的數學理論，可能要計算人造衛星運行軌道與地球的距離，要測量脫離大氣層後的速度，可能需利用一些科學方法，測量衛星的位置跟運行的週期之類的學問。」

秀芬：「這聽起來搞不好以後你是偉大的科學家喔？」

我：「秀芬，我告訴妳喔，打電話給妳之前我也想了很多，我既然有這個榮幸唸成大，我跟妳一樣，要考研究所唸碩士，陪妳一起讀書。」

講完這句話，我自己都覺得很骯髒齷齪，為了追秀芬，違反自己意志的違心話，說的還挺順的，都不會跳針。

秀芬：「真的啊，很高興你跟我一樣立下這個志願，那我們一起到成大用功去。」

好不容易考上大學，要我四年都在用功唸書，我還寧願去當兵咧，唉，為了追秀芬，只好無所不用其極的使用各種卑劣的手段。

我：「秀芬，感謝妳猜題這麼準，把我送進成大，今天晚上沒有家教課，是不是慶祝一下，我請客。」

秀芬：「嗯，好啊，要去黑店吃冰嗎？」

我：「我沒這麼小氣好不好，去西餐廳吃牛排。」

秀芬：「牛排很貴耶。」

我：「偶爾吃一次，不會破產啦。」

秀芬：「嗯，那我先回家換個衣服，你七點到東港路八十巷巷口來載我。」

我：「沒問題，晚上見。」

慢慢吊出秀芬家的位置，我絕對有信心，大學開學前，坐到秀芬家裡當貴客。

晚上六點三十分我就在巷口等著，秀芬還沒七點就出來巷口，或許因為要搭摩托車的關係，她總是穿著褲子，我印象她穿裙子時特別的漂亮，有如仙女下凡般，其實穿褲子也很漂亮，就像雜誌裡時裝廣告的模特兒，總是吸引男生的目光。令我高興的是，平常家教時她背的那個該死的大包包她沒帶著，換上小一號的皮包，那隔在我們中間的距離就越來越短，我熱切期盼零距離的到來。我今天特別選了一家價位稍高氣氛浪漫的西餐廳用餐，進餐廳後光看裝潢我開始擔心起來，等一下菜單上會不會秀出天文數字，錢若帶不夠，我可能要留下來洗碗了。

我：「秀芬，喜歡吃什麼，儘量點，我把家產都帶出來了。」

秀芬：「呵呵，那你身價很低耶，二個口袋就裝滿了。」難得秀芬還會虧我。

我：「我蒲阿什麼都沒有，就是有點小積蓄，要買輛新摩托車不成問題。」

我出門時跟我老媽要了點錢，加上身邊剩下的零用錢，大概有陸佰多元，我每次都非常欽佩我自己，竟然可以如此無恥，吹這麼大的牛皮都不臉紅，但是奇怪的一點，但對於比較公平正義的事情說謊時，耳根卻很快發熱。我也翻開菜單看看有沒有喜歡的排餐，我從第一頁翻到最後一頁，手越翻越顫抖，因為越翻越貴，最後一頁日本進口頂級和牛居然要價陸佰元，萬一秀芬點這道，我的機車就要押在這邊，然後去借錢來贖。

秀芬：「蒲阿，我點這道沙朗牛排。」

喔，還好秀芬點最便宜的，不過一客也要貳佰陸，我一個月的零用錢。那我應該點稍微貴一點的，以免秀芬認為我很寒酸。

我：「我吃菲力牛排好了。」

這樣我錢夠了，不用洗碗跟押車。

秀芬：「蒲阿，這家西餐廳還蠻貴的，你怎麼會選這家，以前來過嗎？」

我：「我沒來過，我聽殺手講過，燈光美氣氛佳，還會播放輕柔的音樂，如果是看重的人，一定要帶她來。」

秀芬：「喔。我還是要再次恭喜你考上成大。」

我：「謝謝，像我這種程度考上成大，應該是僥倖。」

秀芬：「不會啊，我本來就對你很有信心。你說你要立志考研究所，是真的嗎？」

我可以說我是為了要騙你的感情才立志的嗎？我只是要用以夷治夷的賤招來解開她的心防，只是不知道是否有效？接下來我得裝得像一點了。

我：「我覺得唸成大對我來說是一種殊榮，我一定要好好用功讀書，不能有辱成大校風，所以唸研究所變成一種使命。」

秀芬：「我好高興你跟我有同樣的想法耶。」

我覺得我已經慢慢在打開秀芬的心防了。

我：「你可以跟我說一下成大的校園概況嗎？」

秀芬：「說實在的，我大一這一年最常跑的三個地方就是電機系館、K館跟宿舍。據我了解成大的校園非常大，有七個校區，任何一個校區都比我們蘭陽女中大很多。光復校區最大最漂亮，文學院及管理學院都在這個校區，地標就是有三棵大榕樹的榕園，還有風景如畫的成功湖，校園一隅還放了輛舊式的蒸汽火車頭。我們電機系在成功校區，K館跟宿舍在勝利校區，這二個校區我稍微熟一點，因為我很少逛校園，其他校區就不是很熟。」

我：「不熟沒關係，之後你想逛，我就帶你去逛，因為到學校後我二天就會搞熟了。」

秀芬：「欸，我是學姐，再怎麼不熟也一定比你熟吧。」

我：「那以後要麻煩學姊多關照我了。」

秀芬：「我也是覺得這麼漂亮的校園沒去逛好可惜喔。」

我：「再怎麼漂亮也沒妳漂亮啊。」

秀芬：「我哪有漂亮。」

我：「我覺得妳的面貌是觀世音菩薩鬼斧神工雕刻出來的極致作品，妳上輩子應該做了很多善事，所以才能擁有這樣絕世容顏，看到妳的人都想把妳捧在手掌心。」

秀芬：「呵呵，沒這麼誇張吧。」

我：「就是因為妳漂亮又好相處，所以上次我有跟妳說過，我新培養的興趣就是沒看到妳的時候想念妳啊。」

秀芬：「那妳想念我多久呢？」

我：「大約走一光年的時間。」

秀芬：「你真的好誇張喔。」

我：「你要聽更誇張的事嗎？」

秀芬：「說來聽聽。」

我：「我國小上美術課，因為要用牙刷沾水彩塗網噴灑拓印樹葉，老師交代我們帶一大推美術材料，其中有一樣是不要的抹布，後來我到我家陽台隨便收了一條不要的抹布帶到學校。第二天，年輕漂亮的美術女老師，個別來指導我，我很高興依她的指導完成作品，最後她說我做的很好，桌子有些髒，要拿抹布幫我擦桌子。我就從袋子裡遞一條舊抹布給她，結果她花容失色大叫了一聲。」

秀芬：「你拿什麼給她啊？」

我：「我拿到我爸的舊內褲。前晚我匆匆地去陽台拿，沒看清楚就隨便抓一條放進袋子裡，所以她看到後就大叫了一聲。」

秀芬：「你好誇張喔。」

我：「我問妳，有一種動物兩隻腳，每天早上太陽公公出來時，都會叫你起床，而且叫到你起床為止，是哪一種動物？」

秀芬：「這麼簡單的題目需要考我嗎？」

我：「答案是我媽。」

秀芬：「呵呵，全世界只有你知道是這個答案。」

我：「現在你是第二個了。」

難得在這燈光好氣氛佳的環境中用餐，我把這輩子知道的笑話都講出來逗她笑，為的是找個機會再向秀芬表白一次，成功機率可能會比較大一些，只要她的心防解了，我就可以趁虛而入，如果再被拒絕，我的肉又不會少一塊，沒什麼損失。用餐快結束前，看她心情如此愉悅，我想機會又來了。

我：「秀芬，你願意當我下輩子的女兒嗎？」

秀芬：「這輩子都還沒過完，你就預約下輩子囉。」

我：「你說願不願意嘛？」

秀芬：「不懂你的意思耶。」

我：「俗話說女兒是上輩子的情人，下輩子妳如果是我的女兒，那這輩子就是我的情人囉，所以就先預約妳當我下輩子的女兒。」

秀芬：「呵呵，你的哲理好深喔。」

我：「因為我個性剛毅木訥、沉默寡言、不善言詞，所以不敢直白的問。」

秀芬：「我倒是覺得你口若懸河、能言善道耶。」

直到吃飯結束，她沒有答應，也沒有像上次直接了當的拒絕，哈哈，我又向前一步了。而且她還跑去櫃台買單，說什麼她有在賺錢，今天慶祝我考上成大，由學姊請學弟吃飯是理所當然，讓我覺得超不好意思的。好吧，今天省起來的餐費，我一定要加倍奉還。

二天後，我收到聯招會寄發的成績單同時報紙也刊登了錄取榜單，經確認是錄取成功大學測量工程學系無誤，數學考了72分最高，應該是秀芬加持所致，其他科也都進步許多，其中英文32分進步最為神速，躍進了十幾倍，若照這種速度進步下去，搞不好以後我可以當外交官。這結果真的一掃去年沒考上的陰霾，藉著超好的考運擠上成大，總覺得身邊的人都在對我微笑慶祝，但是我相信同班同學有很多功課比我好的人，都在捶胸頓足，像我這種程度低劣的末段班學生，居然考上成大，應該要檢討一下聯招制度了。在榜單上我也找到肖仔和殺手的名字，分別考上中原數學系和淡江航海系，一段時間沒聯絡了，趕緊撥電話給肖仔。

我：「肖仔，好久不見。」

肖仔：「恭喜啊，上成大。」

我：「運氣好。你怎麼會上中原數學系？」

肖仔：「媽的，你有所不知，我的志願都是美玲填的，也不知她怎麼填，就上了中原數學系，比最低錄取分數多了15分，我大概是這個系的榜首了。」

我：「哈哈，就近看管唄，讓你無所遁形，我懷疑美玲把你的志願卡第一個志願就劃中原數學系，只要你分數一高過中原數學，不用懷疑，立刻錄取。」

肖仔：「美玲是說我和她很有緣，以後在學校可以一起砥礪功課。」

我：「女人說的話能聽嗎？如果可以聽，馬桶的水都可以舀出來喝了。我真搞不懂耶，以前一個放蕩不羈、不受拘束的浪子，現在居然被束縛的可憐。」

肖仔：「你本來就不懂，等你以後談戀愛了，你自然會懂。」

我：「我絕對絕對不會像你這麼窩囊孬種。」

肖仔：「我相信你以後一定比我窩囊孬種壹佰倍。」

沉默了一下，我突然覺得肖仔的話還蠻有道理，我還沒談戀愛只是在追求的階段，對秀芬的話百依百順，無所不用其極的討好她，也算是窩囊孬種一族。

我：「或許我會變成你說的那樣。」

肖仔：「相信我，太了解你了，以後一定比我窩囊孬種壹佰倍。」

跟肖仔講完電話，我撥給殺手。

我：「老大，好久不見。」

殺手：「死蒲阿，你還沒進棺材。跑哪裡去了，都不聯絡一下。」

我：「老大，你都忙著顧老婆及小孩，不敢煩你。」

殺手：「你打個電話來，我就有理由翹頭，惠華盯我很緊，感覺好像失去自由了。」

我：「那恭喜你進了婚姻牢獄，更恭喜你考上淡江航海系，學成出海，一出海好幾個月，無拘無束，可以跳脫這個婚姻枷鎖。」

殺手：「那我也要恭喜你考上成大，你大概是紅雞附身，才能考的這麼好，跌破大家的眼鏡。」

我：「我是瞎貓碰到死耗子，不過最後幾個月是紅雞給了我動力去衝刺，很感謝他的庇佑。你怎麼會去填航海系這個志願？」

殺手：「媽的，劃錯了。我原本要劃淡江航空系，但看到下一格淡江航海的代碼，劃上去也沒檢查，糊里糊塗就上了淡江航海系，你知道嗎？我多了13分進這個系，真想切腹。」

怎麼跟肖仔情況差不多，一個被女友暗算，一個被自己暗埋，心情應該都會很不好，我得講些有的沒的安慰他一下。

我：「老大，這個還好啦，我聽補習班坐我隔壁的超哥說，他考了390多分，原本上台大，交志願卡的時候第一張沒放進封信裡就寄出去，跟你一樣沒檢查，結果後來上逢甲，照你的邏輯，那他可能切腹後就直接跳樓了。」

殺手：「比我還要更慘，那我心裡舒服一點了。」

我：「嫂子和小孩好嗎？」

殺手：「你嫂子考試前每天盯我的功課，從我補習班回來一直盯到睡覺，就連禮拜天也不放過，你說她過得好不好？小孩子每天吃飽睡、睡飽吃，你說他過得好不好？」

我：「大嫂辛苦了，我好想當你的小孩喔。」

殺手：「死蒲阿，都考上成大了有志氣一點好不好？找一天，我作東，我們兄弟再出來聚聚餐吧。」

我：「好耶，我隨傳隨到。」

我覺得兄弟之間的真情感，不會因為許久未聯絡就變淡，君子之交淡如水絕對不適用在我們身上，因為我們幾個從來就不是君子。

沒多久我收到成大寄來的錄取通知信，裡面有開學註冊的時間及一些相關校務訊息，還有些資料要回覆，例如是否要報到？這蠢問題還要回覆嗎？用半條命拚來的成果有可能不報到嗎？但對有些可以上台大的資優生來說，也許會回覆不報到。是否要住宿？宿舍是勝利五舍，不知道是幾人一間？設備不知道好不好？像我這種吊兒郎當的個性，大概會跟室友處不來，而且宿舍規矩一大堆，或許就像是住進學習監獄般，沒有自由，我看還是不要住好了，住外面自由自在多了，還可以胡作非為呢。另外還有一張通知單，因為今年兵源充裕，成大新生改為升大三暑假再上成功嶺，老天爺，您太眷顧我了，怕我上成功嶺後，秀芬的心防又穩固了，所以特別讓我延續追秀芬的攻勢，無縫接軌持續追求到開學，哈哈，老天都在幫我，我能不加把勁嗎？嗯，我得打個電話給秀芬，讓她知道開學前我不用上成功嶺。

我：「秀芬，我收到錄取通知了，我今年不用上成功嶺，真好。」

秀芬：「不用上成功嶺，那開學前你有很多時間，你可以預習一下微積分、普通物理、普通化學這些共同科目，這些都是工學院必修的基礎學科，先預習，將來上課可以輕鬆一些。」

我打聽到的大學生活是優游自在、無拘無束有如人間天堂，怎麼會像是在埋首書堆中的煉獄。

我：「喔，我正有此想法，打算跟妳借一些大一課程的書，我也是想要先預習，先充實自己一下，不懂的再請教妳。」

秀芬：「我好高興你跟我有一樣的想法耶。」

我：「從以前到現在，我認為我們的想法一直都很契合。」

秀芬：「嗯，我也是這樣覺得。學校有寄宿舍單給你嗎？」

我：「有啊，勝利五舍，不知道設備好不好？幾個人一間？」

秀芬：「我也不是很清楚，我知道勝利五舍是在K館後面那一棟，離我住的勝利九舍走路大約只需2分鐘。一般住宿生都會比較用功，有不會的問題大家可以互相討論，資源較充沛。」

資源充沛不重要，重要的是離秀芬住的宿舍那麼近，當初的想法我後悔了，打死也要住宿舍，離秀芬近一些。

我：「我也是覺得住宿比較好，同學可以互相照應，學習資源比較豐厚。」

秀芬：「對，而且勝利五舍在K館後面，可以常常去館內K書。」

天哪，我真的被肖仔說中，比他窩囊孬種一佰倍。

我：「我開學前時間比較多，除了讀書及家教外，我可以撥出時間載妳上下班，反正妳父親就讓他好好復健及休息，這點小事就由我來代勞，好不好？」

秀芬：「蒲阿，你對我真好。」

我覺得已經成功一半了，秀芬慢慢走進我的圈套中。

17 大內高手過招

連續載秀芬上班及家教一個多禮拜，我一點都不覺得累，越載越興奮，總有聊不完的話題，秀芬都喜歡講些未來學校課程的預劃，我總是順著她的預劃方向講些自己的學習目標，讓她覺得我們一樣是努力認真學習的同類，只是如果一直講這話題，早晚有一天會『熖空』，所以我常常要說些天馬行空的話題岔開，以免被發現我都在唬爛，如果她知道我不愛唸書，肯定會跟我漸行漸遠，就白費了我的苦心。這天早晨，我按往例在她家巷口等秀芬出來，因為早到了，索性就漫步走進她家巷子閒晃，走著走著忽然見一約莫六十來歲的大叔，似乎有點吃力在做早操，看起來好像左手及左腳較為辛苦一些，欸，左手及左腳較辛苦，該不會是秀芬的父親吧，看這位大叔雖然有年紀，但神韻氣宇確實不凡，可以想像出年輕時應該是個大帥哥。說時遲那時快，他居然跟我打招呼。

大叔：「少年耶，你親像不是住這裡喔。」

我：「這位大哥，我確實不住這裡。」

大叔：「你怎麼叫我大哥？我有歲數啊捏。」

我：「真的嗎，你看起來三十多歲，我有看錯嗎？」

大叔：「齁，我快六十囉。」

我：「蛤，看不出來耶，而且你氣宇非凡，是大帥哥捏。」

大叔：「哈哈，你很會說話喔。你是要找人嗎？」

我：「是啊，我有一個朋友住這裡，因為她的爸爸最近身體有點不方便，所以我都來載她上下班。」

大叔：「你是蒲阿嗎？」

我：「大哥，你怎麼這麼厲害，知道我的外號。」

大叔：「我是秀芬的老爸，她有告訴我，她說你也是考上成大，很認真也很老實。」

考上成大還蠻有用的，大叔講話就不會很尖銳，而秀芬果然是沒見過世面的單純女孩，被我這種烏龍轉桌的人唬得一愣一愣，居然用認真老實來說我，現在站在我面前的是比秀芬精明千倍的未來岳父，還好剛才有做好準備，幾招下來，接的還行，再下來要步步為營，萬一失言，可能會落得跟紅雞一樣的下場。

我：「對啊，花很多時間讀書，才考上成大，還好沒有徒勞無功。」觀世音菩薩保佑一下，讓我不要臉紅耳根熱，以免穿幫。

大叔：「你算是秀芬的男朋友嗎？」

我：「秀芬說要考研究所，目前還是要以讀書為重，所以不談感情的事，我是非常認同她的想法。所以報告大哥，應該目前不算男朋友。」

大叔：「你不要叫我大哥啦，這樣我會不好意思，我沒那麼年輕，叫我阿叔就可以了。」

我：「叔仔，你的身體應該有好很多了吧，我看你做早操還蠻順的。」

大叔：「有啦，慢慢恢復當中，可能還要一段時間。」

我：「叔仔，我覺得你的氣色紅潤，精神抖擻神采奕奕，應該不用多久，身體就會回復健康了。」

大叔：「嗯，希望你講的可以很快達成。」

我：「絕對沒問題的。」

大叔：「哈哈，好喔。進來厝內坐一下，順便等秀芬。」

老天太照顧我了吧，放榜那天打電話給秀芬，吊出她家的位置，我才在想絕對有信心，大學開學前，坐到秀芬家裡當貴客。沒想到這麼快就實現了，這種喜悅比中大家樂還歡愉。不過還是假裝客氣一點，以免吃快弄破碗。

我：「叔仔，我站著就好了。你應該累了，不然我扶你進屋休息。」

大叔：「多謝你啦，我還不累，等一下再進屋好了，而且我可以自己走喔。對啦，你有抽菸嗎？」

我：「沒有捏，抽菸對身體不好，我們要珍惜擁有健康的身體。」

秀芬老爸頻頻射暗器過來，稍不留神就會傷到。

大叔：「真好真好，要顧好自己的身體。你會打麻將嗎？」

這一題難答了，說會嘛，可能會被認為我是賭徒，說不會嘛，他可能喜歡未來的女婿可以陪他打個小牌喝二杯，我得趕快回答，以免被懷疑心機太重。

我：「我老爸過年時都跟我阿伯阿叔打麻將娛樂，久而久之我就稍微看的懂，叔仔你是要找我打麻將嗎？」

大叔：「我是想以後有機會一起打打小牌娛樂一下，既然你不會，那就算了。」

這可能是他在為自己設下的陷阱解套，我覺得雙方正在比誰的內功強。

我：「等我研究所畢業入社會開始賺錢後，我在想辦法認真學麻將，到時候就可以和叔仔切磋切磋。」

大叔：「你說的真對，現在還是以學業為重，少年仔不錯喔。」

正當大叔要再舞另外一件兵器對付我時，秀芬出來了，我的救命菩薩，今天的動作怎麼慢了許多。

秀芬：「蒲阿，你怎麼在這裡？阿爸，你認識蒲阿喔？」

大叔：「剛剛認識的，我們已經聊了一陣子，人真實在，沒什麼壞習慣，也很有上進心要考研究所，這個少年仔不錯。」

秀芬：「阿捏喔，阿爸，我要去上班了，再見。」

大叔：「蒲阿，慢慢騎喔。」

我：「大哥，我知道了。」

秀芬輕聲細語的問我：「妳跟我爸聊什麼？怎麼感覺你們倆好像很熟，而且對你印象不錯的樣子。」

我：「就用真性情跟你爸搏感情。」

我剛才戰戰兢兢的在使用內力，心跳每分鐘壹佰捌拾下，手心冒冷汗，每個連結中樞神經的腦細胞都已癱瘓而臉色發白，這些徵狀秀芬應該都看不出來。在秀芬上車後，我發現她今天心情特別好，言詞間似乎都帶著笑聲，也許我通過她爸的初試，讓她也快樂起來，雖然我們中間還夾著那個該死的包包，但她的手已經偶爾搭在我肩上跟我說話了，而沒有一直抓著後座把手，我感覺戀愛的熱度正逐漸加溫中，用這種溫水煮青蛙的追求方式，秀芬一定會不知不覺躺在我懷中。

18

兄弟們別離

就在八月中旬，殺手依舊展現老大的風範，在他和肖仔上成功嶺前夕，真的實現諾言，又請大夥兒到今日餐廳用餐，一來慶祝考上大學，一來入伍前夕歡聚，再來慶祝他的小孩即將滿週歲，一舉數得。今日餐廳依舊是富麗堂皇的裝潢，依舊是豪華鋪張的排場，依舊是山珍美味的佳餚，但不同的是殺手多帶了一個小孩，紅雞遠在天堂無法出席，另外據惠華說她有找怡君，而怡君說要提早回清華大學無法參加，我想怡君應該是避免跟我見面時太尷尬而沒來吧。對我來說最大的不同點就是我騎摩托車載秀芬來，吃飯時坐在我旁邊了，雖然還不是我女朋友，而我也無法向他們炫耀，但是心裡總有甜蜜的感覺。希望藉由這次的聚餐，讓秀芬體會一下那種同學朋友間成雙成對的幸福感，我想看久了，她應該也會渴望自己能夠佳偶成雙吧。

殺手：「蒲阿，載女朋友來喔，跌破我的眼鏡耶。」

我：「大哥，沒有啦，和秀芬只是工作夥伴關係。」

肖仔：「蒲阿，你色瞇瞇的眼神告訴我，絕對不是工作夥伴關係，秀芬你說說看。」

秀芬：「啟孝，蒲阿沒說錯喔，我們現在都以讀書為重，沒有談感情的事。」

秀芬這回答我喜歡，她沒有直接否認我不是她男朋友，亦即將來有機會可以成為她男朋友，在這曖昧的階段，女生總是有她的矜持在。

我：「是啊，我現在跟秀芬一樣，已經立志要考研究所唸碩士，不談兒女私情。」

殺手：「蒲阿、肖仔，我們乾一杯，慶祝我們都考上大學。」

肖仔：「蒲阿要乾三杯，考運怎麼會好成那樣，居然考上成大，將來你鐵定會敗壞成大校風，我看成大的排名可能要往後降好幾名了。」

我：「喂肖仔，忌妒心不要那麼強好嗎？我有努力過，老天才沒虧待我。拜託一下留點口德，成大絕對不會因為我一個人的作為而影響排名。」

秀芬：「是啊，我覺得蒲阿確實有努力。」

肖仔：「哎喲，有點護主心切喔。」

我：「美玲，妳也管一下肖仔好不好，真像一隻脫鍊的瘋狗。」

美玲：「你們兄弟鬩牆，我沒辦法管。」

殺手：「蒲阿、肖仔，你們二個少鬥嘴，廢話少說，先乾啦。」

「乾啦。」我們異口同聲一起叫嚷。

第一道菜還是跟前年一樣，菜單上還是寫著龍鳴獅吼嘯東海，生龍蝦肉加生魚片，還有一杯龍蝦血，是道冷盤，吃了口芥末加生魚片，芥末的嗆辣鎖住生魚片的鮮嫩，這人間美味讓身體的每個細胞都跟著咀嚼韻律在跳動，這種美食就算天天吃也絕對不會膩，頓時腦筋一片空白，感知神經都在失調發呆中。

秀芬：「蒲阿。」

秀芬輕叫一聲，讓陶醉失神的我嚇了一跳。

我：「蛤，什麼事？」

秀芬：「這生魚片太多，一半給你好嗎？」

一人一半感情不會散，就算撐死也要吃，我絕對相信這句古老的諺語。

我：「好啊，妳不喜歡吃嗎？」

秀芬：「不是啦，妳應該知道我的食量比較小，前年來吃時，我盤子裡的食物收走很多，我覺得太浪費了，我們不能暴殄天物。」

我：「對，我們不能暴殄天物。」

秀芬夾了三片生魚片到我盤裡，吃到嘴裡，怎麼感覺不一樣，變得更甜更美味，我想是否喜歡一個人後，連沾上她口水的東西都變得很甜，也許這就是墜入愛河的感覺，我好希望秀芬跟我有同樣的感受。

第二道菜上來，還是跟前年一樣，日本進口的神戶牛排。

秀芬：「這神戶牛排好像比我們那天吃的牛排還美味。」

我：「這間餐廳比我們那天的牛排館高檔很多，東西貴，食物鮮，所以更好吃。」

秀芬：「神戶牛肉應該是日本進口的，不知要如何保持它的新鮮度？」

我：「搞不好是台灣牛肉用魚目混珠方式貼上日本標籤也說不定，有時候為達目的，店家使用一些小手段詐騙消費者，我們根本無從分辨。」

秀芬：「聽你這樣說，店家好像很惡質，你是相信人性本善還是人性本惡？」

我：「應該因人而異。舉個例子好了，你知道這道菜的菜名嗎？」

秀芬：「我剛才有看，跟前年取的名稱一樣，牛郎織女舞星空。」

我：「你對牛郎織女的傳說感覺如何？」

秀芬：「好悽慘喔，一年才見一次面。」

我：「你沒聽過天庭一日凡間一年？我們在凡間看到的是一年見一次面，其實他們在天庭是每天見面啊。」

秀芬：「你說的好像有點道理。」

我：「那你對牛郎趁七仙女們在銀河洗澡時，偷了織女的衣服。織女遺失衣服無法回到天上，只好嫁給牛郎，看法如何？牛郎是人性本善還是人性本惡？」

秀芬：「牛郎因為非常愛織女，過程雖然有點違反道德，但是他們婚後過著幸福快樂的生活，我認為只要結果是美好圓滿，過程有點瑕疵倒是可以接受，我認為牛郎和織女都是人性本善。」

我：「我跟你的想法一模一樣耶。」

反正我現在的策略就是不管秀芬說什麼，即使和我的想法和她南轅北轍，我還是一定大力贊同她的看法，我越來越佩服肖仔對我的了解，我是比他窩囊𡘙種佰倍的俗辣。

我：「我如果用牛郎的方式追妳，妳會生氣嗎？」

秀芬：「呵呵。」不給答案也好，這樣進退才有空間。

之後吃甚麼佳餚我已經不在意了，因為我把心思都放在如何討好秀芬的歡心上，食物的美味度已較無心感受。而每道菜秀芬幾乎都分一半給我，我今天共吃了1.5份的餐點，食物的累積線已經來到喉頭處，還好餐會結束了，如果再吃下去，可能就會洩洪了。為了一人一半感情不會散這句古諺，已經撐到二眼昏花。酒足飯飽後大家互道珍重，肖仔摸到我旁邊來跟我說悄悄話。

肖仔：「看的出來你很喜歡秀芬。」

我：「紅雞托夢給我，要我好好照顧她。」

肖仔：「你少牽拖了，明明是豬哥一族，不需要找藉口。」

我：「好啦，兄弟一場，你請美玲幫我多說說好話吧。」

肖仔：「靠自己比較實在啦，你看，我都靠自己單打獨鬥把美玲追到手。」

我：「好吧，我服你了，教我一些捷徑吧。」

肖仔：「最近有一部西洋片，片名是第一次接觸，很好看，有機會帶她去看，會有意想不到的效果。」

我：「有什麼效果？」

肖仔：「這部堪比春藥的催情片，若雙方是在曖昧混沌不清的關係下，看完可能會相擁互吻，比你用偷襲的方式還有效。」

我：「靠，我英文很破耶，還去看西洋片，哪看得懂。」

肖仔：「你不需懂，只要秀芬溶入電影情節就好辦了，兄弟，加油。」

我：「好吧，兄弟，謝謝你了，我會找機會。」

謝過殺手夫婦，和肖仔道別後，我帶著秀芬到我停車的地方。

我：「秀芬，我今天有喝點酒，騎摩托車危險，這兒離你家也不會很遠，我們用散步的方式送你回家好嗎？」

秀芬：「你送我回家後再走路回家，會很遠耶，還是我自己走回家就好了。」

我：「妳自己走回去，我不放心，我得送妳回家，這樣我才睡得著。」

秀芬：「好吧，我們走。」

我：「八月快過完了，九月上旬我們就開學了，暑假過得好快喔。」

秀芬：「是啊，這麼一晃眼就上大二了。」

我：「我們家教的工作是不是下禮拜就結束了？」

秀芬：「嗯，是啊。結束那天家長會付我們家教費用。」

我：「我第一次打工賺錢，而且下禮拜有個重要日子，我們是不是來慶祝一下。」

秀芬：「有什麼重要日子要慶祝呢？」

我：「下禮拜天剛好我生日，我第一次賺錢，上次又讓妳請客，所以我想要帶妳出去晃晃，順便請你吃大餐，妳覺得如何？」

秀芬：「好像不錯，先祝你生日快樂，你想去哪邊走走？」

秀芬應該是受剛才餐宴的影響，看到其他人都成雙成對，而且我又被她爸稱讚，所以答應蠻爽快的。

我：「你想去哪我就帶妳去哪。」

秀芬：「我好想回十分瀑布看是否能遇見你說的山羊。」

我要告訴她那個淒美的愛情故事是我瞎掰出來的嗎？就算去一佰次，也不可能看見山羊的，我是否該讓她醒醒了。

我：「秀芬，那個只是傳說，而且時間過那麼久了，不太有可能看見山羊。」

秀芬：「我堅信這是一個真實的故事，而且我也深信會遇見那對山羊的後代。」

秀芬是不是跟怡君一樣讀書讀到腦子壞掉？還是單純到沒見過壞人？淺顯易懂的鬼話，還在深信不疑，也太好騙了。反正只要能跟秀芬一起，去哪都無所謂。

我：「好啊，下禮拜我生日這天，我帶妳去十分瀑布看山羊。」

秀芬：「嗯，謝謝你。」

我：「另外我告訴妳一個大秘密。」

秀芬：「什麼大秘密？」

我：「妳穿裙子的時候特別漂亮。」

秀芬：「我應該比較正式的場合才會穿裙子，穿裙子不方便，太多束縛了。」

我：「妳穿上裙子好像仙女下凡般，整個世界都跟著妳翩翩起舞。」

秀芬：「呵呵，穿褲子也可以翩翩起舞啊。」

我：「仙女穿褲子跳舞就會變成八家將，就沒有飄飄然的美感了。」

秀芬：「呵呵，你還真會幻想。」

我：「希望我所有的幻想都可以成真。」

跟喜歡的人在一起，時間似乎隱形了，讓我忘了世上有光陰流逝這檔事。就這樣我們邊走邊聊，很快就到秀芬家巷口。雖然我已經知道她家住哪一間，但我不敢送她到家門口，怕又遇到她家那個大內高手，萬一我被擊敗了，可能會比落水狗還慘。送完秀芬，我還是走回餐廳騎我的摩托車回家，我不想把精力花在漫長的走路上，我想早點回家躺在床上，然後思念秀芬。

19 生日的奇咒

「蒲阿~，起床囉。」這喊叫聲就像拿麥克風對著音箱發出來的尖銳回音，這回音像一根針刺入耳朵中，聽不習慣的人心臟會從嘴巴跳出來，靠，月亮還高掛天上，老媽就叫我起床。

我：「拜託耶，卡小聲一點，我沒起床，厝邊隔壁都被妳叫起來了，現在是幾點？」

老媽：「四點啦，今日吉時是寅時，現在是吉時正中，你要去約會，趕緊起床一定會有好兆頭。」

我：「妳嘛幫幫忙，上一次聽妳的話起床，也是槓龜啊，沒交到半個女朋友，不要迷信了，我要繼續睡覺。」

老媽：「這次不一樣，你先去刷牙洗臉，然後到神明廳拜一下菩薩跟祖先，保證一定會有好運氣。」

我：「快啦，我要睡覺啦。」

老媽：「你如果不起床，我就站在這裡西西唸，唸到你起床為止。」

我：「你真正無品咧，用這一招。我拜完可以再睡嗎？」

老媽：「好啦，拜完再來睡回籠覺，我去神明廳等你。」

我睡眼惺忪的去刷牙洗臉，然後走到神明廳，被眼前一幕嚇了一跳，老媽還真有心，準備了很多素果拜菩薩，也準備了紅龜粿、菜頭粿、三牲、白飯還有金紙祭拜祖先，好像在清明掃墓般。

我：「齁，妳又拜紅龜粿，妳是要我槓龜嗎？」

老媽：「你不要亂講啦，紅龜是長壽、吉祥、好運的象徵，你不用出聲，拿香跟著我拜就好了，不會講話就不要亂講。」

我：「好啦，清菜你啦。」

老媽：「佛祖啊，阮蒲阿今天要跟一位小姐出去玩，請你保庇那位小姐對蒲阿有好印象，會喜歡阮蒲阿，讓阮蒲阿趕緊交到女朋友……。林家的祖先啊，咱蒲阿八字命格比較差，都交不到女朋友，我已經煩惱好幾年了，今天要跟一位小姐出去玩，她有機會變咱蒲阿的女朋友，請你們一定要保庇，給咱蒲阿好運氣，順利交到……。」

老媽在神明廳足足唸了十幾分鐘，我站到都快睡著了，怎麼那麼會唸這些祝禱詞，如果有錄音機錄起來，然後手繕一份，大概可以出一本書了。

我：「唸完了齁，我要去睡覺了。」

老媽：「這壹仟元給你，上次給你伍佰元沒交到，這次壹仟元把她槓下去，一定有效。」

雖然老媽沒講，但我想一定是給我多一點錢，萬一進展太快，要開房間也才有錢，媽的，也太齷齪了吧。

我：「免啦，前幾天我領教書的錢，參仟元夠花啦。」

老媽：「蛤，領參仟喔，這麼多，沒聽你說，找天讓你請客。」

我：「好啦好啦，我要再去睡覺了。」

被老媽這樣一折騰，我迷迷濛濛走回床上躺著，似睡非睡的繼續做春夢，剛闔眼不久，老媽又在高分貝吼叫。

老媽：「蒲阿~，起床囉。」

我：「又閣怎樣了？」

老媽：「七點了啦，快起床。」

我：「妳不要騙我了，我才剛閉上眼睛耶。」

老媽：「騙你有錢領喔，自己看時間。」

我看了一下床頭的鬧鐘，還真的七點多了。靠夭，怎麼感覺好像沒睡，似乎有點精神不濟，但想到要和秀芬一同出遊，情緒又亢奮起來，瞌睡蟲一隻一隻跳開，整個人又神清氣爽起來，梳洗完畢和老媽話別，摩托車一騎，直奔秀芬家。

我依舊不敢到秀芬家門口與大內高手對戰，乖乖的在巷口拐彎處靜靜等待。五、六分鐘後，菩薩顯靈了，夢中情人走出夢中來約會，秀芬允諾了我的期待，今天穿著粉紅色長裙搭配白色上衣，薄施胭脂笑容可掬走向我，這是我對秀芬印象最美的裝扮，居然真實浮現在我眼前，希望是古諺所說的「女為悅己者容」，看來生日是一道奇咒，會給壽星一個意外的驚喜。

我：「秀芬早，妳今天好漂亮喔，真的像仙女下凡。」

秀芬：「蒲阿早，一碰面就逗我開心，怎麼沒到我家門口？」

我：「我怕碰到妳爸，如果說錯話，怕惹他不高興。」

秀芬：「不會啦，我爸說他還蠻喜歡跟你聊天耶。」

我又不是一個厲害的角色，隨時可以接住大內高手的暗器，總是要心裡有所準備，穿好防彈背心再進去比較好。

我：「好啊，下次我專程來陪妳爸聊天。」

秀芬：「這送你，祝你生日快樂。」

秀芬遞給我一個包裝精美的小盒子和一張生日祝福卡片，這是我這輩子到目前為止，第一次收到女生送我的禮物，心中雀躍萬分。

我：「謝謝妳，這是什麼禮物？」

秀芬：「一枝鋼筆配十個卡式墨水管，希望這支筆伴你大學求學順利，馬到成功。」

秀芬可能不知道我唸高中三年只用三支原子筆，照這支鋼筆配備，一輩子也寫不完，我看以後都不用買筆了。

我：「謝謝妳，我一定會努力的。」

秀芬：「那我們走吧，我今天穿裙子，需要側坐，你要騎慢一點喔。」

由於側坐的關係，那個該死的皮包就沒放在我們中間，她一手拉住後座把手，另一手則扶在我腰上，我們的身體稍微有碰觸到了，果然有觸電的感覺，真想騎摩托車直接殺到十分瀑布，看會不會被秀芬電斃。

我：「抓好喔，我要出發了。」

我們一樣搭前年去十分瀑布的同班次火車，不同的是今天只有二個人，而且坐一起，如同殺手教的二分法，八個人分到只剩二人，成功有望了，而且她沒帶書本出來，一路上可以暢所欲言。

我：「秀芬，妳好像很喜歡十分瀑布。」

秀芬：「是啊，你講的那個故事對我影響很深，我多希望他們能夠有一個完美的結局，所以我一定要看到山羊快樂在一起，這樣我心中惦念的石頭才會放下來。」

成績好的女孩子，終日埋首書堆，沉浸在自己喜歡的幻想情節，沒有一點社會歷練，真的是有夠好騙，早知道秀芬這麼用情在一個瞎扯的情節上，當初我應該把淒涼的結尾改成幸福的收場，我得再說些風涼話來打開她的心結。

我：「我覺得我們不會碰到山羊，這種虛無縹緲的傳說都是假的。」

秀芬：「我覺得會碰到耶。」

我：「不然我們來打個賭看會不會碰到山羊。」

秀芬：「要賭什麼？」

我：「如果真的碰到山羊，我從妳姓，改姓楊，並且活吞掉這山羊。」

秀芬：「呵呵，改姓跟活吞整隻羊你又辦不到，這賭注不切實際。」

我：「那碰到山羊之後，妳可以開始叫我楊蒲阿，活吞山羊我看用分期付款方式償還。」

秀芬：「我們賭點別的好不好？」

我：「不然輸的人要為對方達成一個心願，這賭注妳看怎樣？」

秀芬：「嗯，這很實際，我們就賭這個。」

這次我贏定了，我要許什麼心願呢？牽一下秀芬的手然後親一個，再來抱一下，越想越興奮，恨不得趕快到十分瀑布，哈哈，老天爺怎麼對我這麼好。

輾轉的車程一點都沒冷場，我把高中我們兄弟間的糗事以第三人的角度「我們班有個同學……」，再用誇飾法說給秀芬聽，逗她開心，只見她沿路上笑臉盈盈，偶爾發問個白癡問題，然後我給個更白癡的答案，一會兒工夫就到十分站了。我們也循著前年的軌跡，走到十分瀑布入口。

我：「秀芬，你在這等著，我去買票。」

秀芬：「嗯，好。」

靠，前年學生票一張十五元，才二年光景，現在一張要二十五元，真的是殺人放火的票價，要不是帶秀芬來，我就翻牆進去不買票了，媽的。唸歸唸，我還是買二張帶秀芬進去。入園之後覺得好像有些改變，但就是記不起來哪裡有改變，好像有新植一些灌木群，盆栽擺飾也豐富很多，當我正愣在原地思索時，傳來秀芬興奮的叫聲。

秀芬：「楊蒲阿楊蒲阿，趕快來這邊看。」她到底在喊我什麼？聽不太清楚。

我：「妳怎麼走那麼快，馬上過去。」

跑到秀芬旁，我嚇到褲子差點掉到地上，只見幾隻白色山羊在圈圍的柵欄內悠然自在的走動，其中二隻還佇立在柵欄邊讓人餵食，靠，這是哪時候設的啊，風景區就風景區嘛，沒事幹嘛開闢個可愛動物區，養雞養鴨養兔還養羊，老闆你是吃飽太閒嗎？還是要在旁邊開薑母鴨跟羊肉爐的餐廳？穩贏的賭局竟然賭到輸掉，天殺的。

秀芬：「楊蒲阿，看到沒？」

我：「我輸了，你是不是來之前就知道十分瀑布有養山羊？我好像被妳詐胡了。」

秀芬：「我是憑直覺感應，我也不曉得這裡會養山羊，我以為會在山林間遇到。」

我：「好吧，妳可以要求我達成一個妳的心願，就像大學聯考時欠妳的那樣。」

秀芬：「嗯，我還沒想到，等我想到了再告訴你。」

我覺得我會被秀芬慢慢凌遲，直到她爽快為止，到底是我笨還是她聰明？有可能我的陰謀全在她的算計當中，我原本以為成績好的女孩子最好騙了，到現在我才明瞭我被她掌控在手掌心，嗚呼哀哉。

秀芬在我看來是個智商很高但情緒控制力很低的女孩，在看到山羊後可以滿臉的感動，眉宇之間透露著愛憐，居然喃喃自語跟山羊對話十幾分鐘，也不曉得她在呢喃什麼？我得好好利用她這個低情緒控制力的弱點，來達成我的目的。

我：「秀芬，妳終於可以放下心中這顆惦念的大石了。」

秀芬：「是啊，我好高興可以碰到山羊，我相信在天堂的男女主角一定是幸福快樂的。」

我：「沒錯。那我們就繼續往前走，去看瀑布吧。」

秀芬：「我覺得好可惜喔，我們沒有相機可以跟山羊拍照留念。」

我：「妳想拍照嗎？」

秀芬：「是啊，一張永恒的回憶。」

我：「轉角那好像有專門幫人拍照的攝影師，不然我請他來幫我們拍張相片，好嗎？」

秀芬：「好啊。」秀芬連連點頭，笑容讓嘴角揚的更高。

我快速走到攝影師旁，也順便看一下晾在桌上的作品，確實拍的不錯。

我：「請問一下，拍照要在哪裡拿相片？要多久可以拿到？」

攝影師：「我這是拍立得相機，拍完照二分鐘就可以給你了。」

我：「拍一張要多少錢？」

攝影師：「五十元。」

靠，不只門票價格殺人放火，連拍照都是傷天害理的價格，這價錢我可以吃五碗餛飩麵了，我五天晚餐的餐費耶。

我：「喔，老闆，我是學生捏，算我便宜一點啦。」

攝影師：「我們的公訂價是五十元，這相機跟底片都很貴，拜託不要殺我的價。」

已經答應秀芬了，只好硬著頭皮請他過來幫我跟秀芬拍照。

我和秀芬蹲在山羊的二側，我面露出凱子般的笑容，秀芬則是眉開眼笑很興奮。

攝影師：「男生牽一下女生的手，笑容要自然一點喔。」

我的右手順勢從山羊前方去牽住秀芬的左手，秀芬笑嘻嘻轉頭看了一下我，並沒有把我甩開，就這樣拍了張我們牽手與山羊合照的歷史相片。摸到秀芬的手，纖秀柔嫩，微微的溫熱中，似乎流著千萬安培的電流，顫動我的心，讓我悸動萬分，通體酥麻。相片洗出來後，我非常滿意，還好攝影師做球給我，讓我牽秀芬的手，這次就算花五佰元我也不覺得貴，這錢花的太值得了，而相片只有一張，我打算送給秀芬，當作第一次牽手的紀念。

我：「這張永恒的回憶，妳好漂亮，山羊好可愛喔，送給妳當紀念。」

秀芬：「嗯，謝謝楊蒲阿，我會好好保存。」

我：「你還在虧我，我還需要活呑山羊嗎？」

秀芬：「呵呵，這饒你好了。不過你還要為我達成一個心願，你欠我的，不要忘記喔。」

我覺得真的被秀芬凌遲中。

之後我一路牽著秀芬的手走到觀瀑平台，與前年大大不同，我牽著心愛女孩的手，一同觀瀑攬景，作夢也沒想到，我居然已經牽到秀芬的手站在十分瀑布前。前年站在這，還被那個負心女怡君考我水滴的末速度，考的無地自容，今天我則要洋洋得意的大喊「蒲阿，你成功了。」秀芬看到這美景，可能觸景生情，輕聲細語對我說。

秀芬：「蒲阿，你還記得我們之間的約定嗎？」

我：「就是要幫妳達成一個心願嘛，不可以太難喔。」

秀芬：「不是這約定，還有另一項很重要的約定。」

我：「我想想看。」該不會是要說一起立志考研究所這檔事吧。

秀芬：「就是我們立志一起考研究所唸碩士，暫時不談兒女私情這約定。」

哈哈，我就知道是這件事，這在家裡我已苦思良久，準備給秀芬一個標準答案。

我：「這我當然記得，上大學後我一定用功讀書。」

秀芬：「可是我覺得我們現在好像在談戀愛。」

我：「其實用功讀書跟談戀愛有時相輔相成，如果我們在一起有很好的心靈溝通，又可以互相提攜砥礪，對學業的精進一定可以大大提升。另外在這塵世的道路上，無論高興或難過的時候，都有人陪伴，可以在黃金歲月裡舞動生活篇幅，留下精彩詩篇，也不枉我們到大學的象牙塔走這一遭，之後妳覺得我有妨礙到妳用功讀書的時候，我一定收斂隱遁，直到妳考上研究所後再找妳。」

這欲擒故縱的招式應該會有效吧。

秀芬：「我覺得你好會說話。」

我：「我都是肺腑之言，真誠自然，非常希望妳同意我的想法。」

秀芬：「那我們約定立志考研究所，要用功專一，所以只能牽手喔。」

我：「嗯。」

之後秀芬沒作聲了，或許她同意我的看法了。前年的「十分寮旅遊」是趟「十分『無寮』旅遊」，而今天的「十分寮旅遊」則是趟「十分『寮癒』旅遊」。

離開十分瀑布後，我們在下午三點多回到宜蘭，離吃晚餐還有點時間，突然想到肖仔的建議，看那部堪比春藥的催情片，看完剛好吃大餐，可以為我今天的生日劃上完美句點。

我：「離晚餐還有點時間，我請妳看場電影。」

秀芬：「這樣你今天會花太多錢耶。」

我：「看電影不會花很多錢，難得今天我生日，花一點錢不算什麼。」

吝嗇節儉的我，只要秀芬高興，也開始變大方了。

秀芬：「那我們省點錢，看完電影就不要吃大餐了好嗎？」

我：「今天是我轉大人的生日，一定要吃大餐慶祝，放心，我雖然沒有殺手那樣有錢，但偶爾逍遙自在一下，還花得起。」

秀芬：「什麼轉大人？」

我：「沒什麼，就我自己定義的。」

我實在不好意思說所謂的轉大人就是牽妳的手漫遊。

秀芬：「好吧，你要看哪部電影？」

我：「第一次接觸。」

秀芬：「這部我有聽說，最近很紅的一部洋片，哇，你英文程度應該進步很多喔，所以喜歡看洋片了。」

我：「嗯，我要讓自己英文說、寫、讀都很流利。」

不然我是要回答看一下堪比春藥的催情片，來增進彼此感情嗎？

由於比較晚進電影院，螢幕已在播放下檔期的預告片了，我牽著秀芬的手，摸黑找到座位區，沒想到這部片這麼賣座，已經播放一陣子了，座位還大概九成滿，也可能是因為假日的關係，所以人比較多，看這陣仗，應該是很好看。坐下來後發現我和秀芬中間隔著一支該死的扶手，如果少掉這支扶手，我一定每天帶秀芬來這看電影。不久，螢幕切換成國歌，電影院所有人都站了起來，以示尊敬。我實在搞不懂為何每次看電影都要唱國歌，花錢來罰站，真希望以後可以取消這規定，至少讓看電影前的心情可以輕鬆自在，而不是拘謹嚴肅的情緒，我忽然想到音樂課考試的自選曲。

我：「秀芬，國歌是我音樂課考試的自選曲。」我在秀芬耳邊輕聲的說。

秀芬：「呵呵，你怎麼會選這首？」

我：「我以為表現出八股的愛國情操就能拿高分，我還很認真的唱，結果唱二句就被請下台，分數只有60分，大出我意料之外。」

秀芬：「你應該唱拿手的民謠歌曲，至少也會有80以上的高分。」

我：「對我來說，高分我不認識她也不重要了，秀芬才是最重要的。」

秀芬：「呵呵。」

電影開始播放後，我發現無法跟上節奏，一來英文聽不懂，再來我的閱讀能力較差，似乎覺得中文字幕跳太快，上一句翻譯沒看完就跳到下一句了，如果要看洋片，我還是喜歡看歐美的A片，因為對白少又簡單，不用看的很出力，另外劇情跟對白不必連結也看的懂。

這部電影的女主角是法國影星，明眸皓齒五官端正長的非常漂亮，身高也蠻高的，是位國際巨星，從某些角度看過去，與秀芬有幾分神似，原本要稱讚秀芬與女主角長得像姊妹一樣漂亮，但發現她非常專注融在劇情中，所以也就沒說話打斷她的注意力。直到電影螢幕出現眾人在勁歌熱舞，男主角突然將耳機掛在女主角耳朵上，原本吵雜的快歌，被本片的主題曲"REALITY"取代，那優美的歌聲，讓所有情感跟著旋律飛揚，我最喜歡看這種風雨中的寧靜情節，享受這種靜謐的情境。"Met you by surprise，I didn't realize，That my life would change forever，……"，我不了解意外遇見妳竟然改變我的一生……，我相信秀芬也是改變我一生的人，我不自主的去牽住秀芬的手，這次將她的手握得更緊，而秀芬也用力的握我一下回報，沒錯，這帖春藥正在發揮它的藥效中。我已經捨不得放開秀芬的手，電影劇情我已經無所謂了，看著女主角的喜怒哀樂表情，我已經把她幻想成是秀芬對我的情愫。隨著劇情的發展，男女主角到戲院看電影，就像現在我跟秀芬一樣，男主角左手繞過女主角後方，將手搭在女主角左肩上，似乎要將她摟入懷中，女主角看了一下男主角的左手，自己的頭慢慢靠向男主角的肩膀上，看這一幕令我震懾，這好比床戲前的挑逗，讓我每個細胞都燃起了求偶的訊號。我立刻模仿電影情節，將左手繞過秀芬後方，將手搭在她的左肩上，我想秀芬大概太融入電影情節中，她也將頭靠在我肩上，然後我在她的臉頰上親吻了一下，秀芬有點驚訝看著我。

我：「你的臉頰有沾到東西，我怕用我的粗手拿會傷到你的臉頰，所以用嘴巴把它拿起來。」

秀芬：「呵呵，親我一下居然用這麼爛的理由。」

我：「秀芬，我是真的好喜歡好喜歡妳，不論用什麼爛理由，都沒辦法阻止我喜歡妳。」

秀芬：「蒲阿，我們立志要考研究所，所以只能親我臉頰喔。」

我還是回了標準答案：「嗯。」

我可以想到之後我們持續進一步發展，她會說『蒲阿，我們立志要考研究所，只能抱我喔』，『我們立志要考研究所，……，不能生小孩喔。』然後我的標準回答就是「嗯。」越想越興奮，真的是血脈賁張的一天，不打則已，今天一安打就立刻站上二壘壘包。電影結束後，原本要帶秀芬吃牛排大餐，但她很堅持不讓我再花大錢，所以還是依她的意見，吃碗麻醬麵跟餛飩湯。吃麵之前，她還為我唱了生日快樂歌，吹著裝在湯匙裡的餛飩，然後許願，全世界大概只有我們用這種台式招數過生日，我好想去申請專利，以後凡用這種方法過生日的，都要付我專利費用。

我：「秀芬，謝謝妳今天送給我這輩子最棒的生日禮物。」

秀芬：「你說鋼筆嗎？」

我：「除了鋼筆外還有今天所有的一切。」

秀芬：「還有唱生日快樂歌嗎？」

秀芬也開始裝傻了，好像什麼都沒發生過。

我：「這是心靈上的契合，妳一定知道我心裡想的是什麼，一切盡在不言中。」

秀芬：「你的心裡想的總是一堆爛理由，呵呵。」

我的嘴巴快被堵死了，再這樣跟秀芬談下去，我覺得越來越屈居下風，應該要轉個話題。

我：「妳什麼時候要回成大？」

秀芬：「我想下禮拜天回去，九月初了，早點回去準備下學期的課業。」

我：「我們一起搭車下去好嗎？」

秀芬：「好啊，我想搭夜車回成大。」

我：「為什麼要搭夜車？」

秀芬：「搭晚上十一點多的夜車，到台南火車站大約早上七點，用睡覺的時間趕車程，比較不會浪費時間，我每次都是搭夜車回學校。」

我：「妳一個女孩子搭夜車不會危險嗎？」

秀芬：「不會，台灣治安這麼好，況且第二天一早到台南火車站，出後站就是成大校園，安全又方便。不過要事先買預售票，不買怕沒位置坐，從宜蘭一路站到台南那就麻煩了。」

我：「好，我明天一早就去買預售票。」

秀芬：「嗯，辛苦你。」

送秀芬回她家巷口，離開時我在她額頭上親吻一下，為我的十九歲生日，塗上最鮮豔的色彩。今天我與秀芬的賭局雖然輸了，但卻贏回更多賭注彩禮，這次要感謝老媽凌晨設壇祭拜，讓眾佛諸菩薩及列祖列宗發揮神力保佑我。

20

最大的贏家

下台南這天晚上十點多，我背了個包包到秀芬家巷口等她。這次下南部不知何時才會回宜蘭，心中難免有些不捨，還沒出發就有些思鄉的惆悵，但我相信，只要秀芬跟我作伴，我應該會在成大流連忘返。不久秀芬走出家門，我還瞥見大內高手在家門口叮嚀著秀芬，我是否應該過去跟他寒暄一下？再去接接他的暗箭比劃比劃？為了展現男孩子的懂事成熟度及應有的禮儀，我還是落落大方的走過去。

我：「大哥您好，久沒見到，您的氣色勁好，身體應該攏沒問題，我就知道吉人自有福報，有友孝的查某囝，眾神都會來保佑的。」

大叔：「蒲阿，你怎麼又叫我大哥，叫我叔仔就好。」

我：「因為你看起來就像秀芬的大哥，叫叔仔好像叫太老了。」

大叔：「袂啦，叫叔仔卡習慣。你怎麼只有背一個小包包，書都沒帶喔。」

第一支暗箭射過來了，我哪知道要帶甚麼書？秀芬也沒交代我，我都還沒註冊，哪知道大學需要哪些書，但是為了要營造我也很用功的假象，只好瞎掰一下。

我：「叔仔，我的書比較多，我有打包好了，等我到學校確定住址後，我請家人幫我寄到學校，這樣坐車比較方便。」

大叔：「阿芬妳看，人家蒲阿這麼聰明，不像妳每次都拖一個大行李箱，搭車很不方便耶。」

我：「秀芬這樣也不錯啦，可以在搭車時唸一下書，很會利用時間。」

大叔：「坐夜車哪會看書，而且你坐她旁邊，她會有心看書嗎？」

第二支暗箭射過來了，若接不好，我鐵定會被扛去種。

我：「秀芬非常用功喔，而我受她影響，也發奮用功，我們以考研究所當作現階段奮鬥目標，而且我們只是學姊學弟關係，不影響她在學業上的用心。」

大叔：「齁，阿芬只會唸書，沒什麼社會歷練，我是很擔心被人騙。」

第三支暗箭射過來了，他是在暗指我會騙秀芬，還是在測試我跟秀芬目前的關係？完了，這隻暗箭可能直接命中要害，嗚呼，救命啊。

秀芬：「爸，你怎麼這樣講我，從小到大，我只有被你騙過，還有被其他人騙過嗎？不用擔心啦。」

秀芬不愧是我崇拜的維納斯女神，除了漂亮外還料事如神，知道我詞窮快陣亡了，立刻出來捨身相救。

大叔：「蒲阿，阿芬在成大有什麼事情需要幫忙時，你一定要協助，知道嗎？」

這是第四支暗箭，我已經不知道這支暗箭的目的了，再這樣亂箭打鳥下去，可能沒辦法和秀芬一起去台南，為了怕言多必失，用最簡潔的方式回答，應該可以趨吉避凶。

我：「知道。」

秀芬：「爸，我們要去趕火車了啦，下次蒲阿再來陪你聊天喔，再見。」

秀芬果然讀懂我的心思，想要儘快結束這場廝殺，把再見這個防護罩搬出來了，我看秀芬她爸欲言又止，臉上似乎有點無奈，因為他的暗箭還沒射完。

大叔：「好啦，路上小心，再見。」

我：「叔仔，再見喔。」

我趕緊幫秀芬拖著大行李箱，和她逃離現場。

秀芬：「蒲阿，你很誇張耶，去台南住宿唸書，居然只背一個小包包，你以為是要去十分瀑布玩嗎？」

我：「我想要帶少一點，然後幫妳拿行李，因為我知道妳的行李很重。」

我就是佩服我自己，很會拗，明明做錯事都可以找個冠冕堂皇的理由順階而下，其實我就是懶嘛，反正去台南買新的就好了。

秀芬：「你的包包到底裝什麼？」

我：「就妳交代的換洗衣服，我還帶了二套，不夠的我會再買。」

秀芬：「我送你的鋼筆有帶嗎？」

靠，死定了，秀芬交代我一定要把鋼筆帶到學校，這是我們立志要考研究所的精神象徵，這麼重要的信物，我居然忘了帶，我真的滿腦子想去成大渡假。我看秀芬有遺傳到大內高手的基因，偶爾放些冷箭過來，我得小心應對，以免煮熟的鴨子飛了。

我：「喔，我怕鋼筆放在我的小背包會弄壞了，我就和書一起打包，請我媽寄到台南，這麼重要的禮物，放在一個粗枝大葉的人身上，不安全的。」

我明天得趕快打個電話給我媽，幫我隨便包幾本書及放在抽屜的鋼筆趕快寄到台南，不然林家真的要絕後了。

秀芬：「我發現你開始不太聽我的話喔。」

我：「奉天承運，秀芬詔曰，從今而後，蒲阿若有不聽秀芬的話，輕者杖責十大板，重者斬立決，欽此。妳覺得這道聖旨如何？」

秀芬：「呵呵，哪有那麼嚴重，我又不是暴君。」

我：「英明的女皇，以後妳講的每個字，我都會銘記在心。」

秀芬：「嗯，好，到台南後我再帶你去買一些生活必需品。」

我：「謝主隆恩，吾皇萬歲萬歲萬萬歲。」

我這油嘴滑舌的功力，若沒來讀大學，應該很適合去做喊玲瓏賣雜細的生意，搞不好可以賺大錢。

搭上往台南的夜車，發現人並沒有很多，根本不到一半，害我週一一大清早到車站買預售票，我應該可以多睡五個小時，下次我要睡飽再來買夜車的預售票。我和秀芬坐定後，發現二個座位中間仍然有一支該死的把手，把我這熊熊的烈火隔開，我真的很想知道秀芬這時是不是乾柴，如果是乾柴我立刻把她燒成灰燼，這把手我得好好研究如何拆了它。

秀芬：「蒲阿，到台南後我帶你去買牙刷、牙膏、毛巾等民生用品，還要買單人涼被、枕頭、蚊帳，另外因為校園大，走路會浪費很多時間，所以還要買一台腳踏車。」

聽起來好像要嫁我在準備嫁妝一樣。

我：「那我來買輛摩托車，速度快，最節省時間了。」

秀芬：「不行，學校校園禁止騎摩托車。」

我：「喔，如果沒有摩托車，用騎腳踏車載妳，腳會很酸耶。」

秀芬：「我有很重嗎？載一下就會腳酸。」

我：「我沒有抱過妳，所以不知道妳重不重啊。」

秀芬：「蒲阿，要正經一點。」

秀芬是看不出來我很正經的想要抱她嗎。

我：「跟妳開個玩笑輕鬆一下啦。妳看起來應該很輕啦，我只是在想，假日要一起去踏青，如果沿路上坡，那腳會很酸。」

秀芬：「如果要一起去遠一點的地方，我們可以搭公車。近一點的可以騎二輛腳踏車，應該都很方便，只不過我路也不熟，在台南已經一年了，還沒去過學校以外的地方。」

我：「以後如果妳想去哪裡，包在我身上，使命必達。」

秀芬：「蒲阿，我還是要跟你說，到成大後要好好用功讀書，不然可能會唸五、六年，甚至被退學喔。」

我：「蛤，這麼嚴重。」

秀芬：「大一要修微積分，微積分被當，就不能修大二的工程數學，工程數學被當，就不能修大三跟工程數學有關的必修課程，這叫擋修。我只是舉其中一個科目，在我們電機系，擋修的課程很多。」

我：「這麼嚴重，那我有機會大學唸八年才能畢業。」

秀芬：「六年沒畢業就要被退學了，沒機會唸第七年。」

我：「嗯，真的要用功。」

秀芬：「另外一學期的學分有三分之二被當，或是連續二學期有二分之一學分被當，或是必修課程三修還被當，都要退學。」

我：「媽呀，這麼嚴。英文是必修課程嗎？」

秀芬：「英文當然是必修，大一上下學期都要修，有六學分。」

我：「那我下一站要下車了，不必去成大浪費時間。」

秀芬：「沒那麼悲觀吧，用功一點就可以PASS的。」

我：「秀芬，你可能不太了解我的英文程度，如果妳的英文成績給我，我可以去唸台大了。」

秀芬：「不要絕望，如果你英文被當二次沒過時，我再幫你想辦法。」

我：「妳要幫我考試作弊嗎？」

秀芬：「不可以作弊，一個人最重要的品格就是誠實。」

我：「嗯，我跟妳一樣的看法。那妳要怎麼幫我？」

秀芬：「我聽說我有一個學長考進成大電機英文只考1分，他可能有英文語言障礙，二次被當後，他三修跑去修外文系系主任的課，系主任對外文系的學生非常嚴格，但對外系來修課的學生超級仁慈，他只給我學長十個單字，期中考、期末考各考五個單字，答對六個就PASS了。你如果英文真的會三修，我的室友其中一個是外文系的，到時候請她引薦你去外文系修系主任的課。」

我：「哇，我下一站不用下車了。」

秀芬：「一定要用功，我相信你沒問題的。」

我：「有妳在旁督導，我也相信我應該沒問題的。」

秀芬碰到我這種馬屁精不知道是福氣還是浩劫。

秀芬：「蒲阿，你如果累了，就睡覺休息吧。」

我：「我不會累，我不睡覺，我要做一些有意義的事。」

秀芬：「你要做什麼有意義的事啊？」

我：「我要利用搭車的時間通宵達旦的守護你，要用熬夜的方式守護你，我不能把時間浪費在像睡覺這種無意義的事情上面，我用一句古詩來描述現在的心情，天長地久有時盡，此愛綿綿無絕期。」

秀芬：「你真的很不正經耶。」

我：「除了喜歡妳這件事外，我確實很多事都不正經。」

秀芬：「真的這麼喜歡我？」

我：「我要用一生的生命永遠守護妳，讓妳舞出美好人生，擁有繽紛的未來。」

秀芬：「呵呵。」

夜漸漸深了，秀芬斜靠在我的肩膀上進入夢鄉，我牽著她的手讓她安心入眠，這算不算另類的千年修得共枕眠。如果現在是躺在真正的一張床上，那才是真正的千年修得共枕眠，不知該有多好。看著她帶著香甜的笑容進入夢鄉，我覺得此生沒有白活了，我蒲阿何德何能，居然可以交到秀芬當女朋友，這段刻骨銘心的感情，不管將來結果如何，將在我的生命中留下深深的烙印。

搭夜車的確有很多好處，其中一項就是非常準時，七點十分非常準點到台南。出了台南火車站，火紅的太陽已熱情來打招呼了，我覺得好像比宜蘭的陽光還大還亮，可能因為南部離太陽比較近的關係吧。過後站前的橫跨馬路就進到成大的校區，聽秀芬說成大有一個非常良好的傳統，不管在學校或出社會後學長姊會特別照顧學弟妹，所以每個系會在大學路校園側擺了攤位，服務剛報到的新生。我很快地找到我系上的攤位，幾位學長過來跟我打招呼。

學長：「你是測量系新生嗎？有登記住宿嗎？」

我：「是啊，我叫林正浚，我有登記住宿。」

學長：「我看一下喔，你住勝利五舍119室。我帶你去，我這有三輪車，可以幫你載行李。」

我：「謝謝學長，我只有一個包包，另外這個行李箱可以用拖的，不必用到三輪車，三輪車可以留給其他同學用。」

學長：「學妹妳也是測量系的嗎？」

秀芬：「我是大二舊生了。」

學長：「不是測量系，喔，那太可惜了，我以為系上來個漂亮的新生。」

看來進成大後我的首件功課就是要好好守住秀芬，避免被這些飢餓如狼的校友攻城掠地。

秀芬：「勝利五舍我知道位置，我帶他去就好了，你們可以留下來服務晚到的新生。」

我就是喜歡秀芬這種聰慧過人的反應，難怪我愛到難以自拔。就這樣我拖著秀芬的行李和她一起離開了攤位。

我：「勝利五舍119室，房間內是不是有消防栓滅火器，這樣我算是消防隊員，妳如果有任何需求，救火隊可以隨傳隨到。」

秀芬：「呵呵，我不知道有沒有滅火器，你真的可以隨傳隨到？」

我：「當然。」

秀芬：「不過宿舍間的聯繫還蠻麻煩的，像我們勝利九舍，男生禁止進入，你如果要找我，必須在宿舍門口等有要回宿舍的女同學，請她到我房間叫我，我才會出來。」

我：「沒有電話嗎？」

秀芬：「電話只有一支在一樓，要舍監剛好在，而且心情好才會跑去叫人聽電話。」

我：「嗯，沒關係，反正我一定有辦法可以找到妳。」

秀芬：「我相信你有這個智慧。」

我：「妳要先帶我到宿舍嗎？」

秀芬：「這裡是光復校區，時間還早，我們先去校園內走走好了，之後回宿舍放完行李，再帶你去買東西。」

我：「嗯，謝謝妳。」

走進成大光復校區，感覺上和走進台大校園有很多相似之處，景緻優美花木扶疏，雖然艷陽高照，但清風徐徐沁涼入心，讓人覺得非常舒爽。校園也是跟台大一樣，看不到盡頭，秀芬有提過，成大有七個校區，光復校區最大最漂亮，原來大學的共通點就是大，校區大、教室大、樹木大、花朵大，讓我驚訝到嘴巴都張的很大，暗自慶幸來對地方。我也看到一些學長衣服上都印有NCKU字樣，不知道這是啥意思。

我：「秀芬，我看到一些學長衣服上印有NCKU字樣，這是什麼意思？」

秀芬：「NCKU是我們國立成功大學National Cheng Kung University的縮寫，成大的學生喜歡把校名縮寫印在衣服上穿，這是一種榮譽的象徵。」

我：「我以為來成大唸書的都以為自己是學霸，霸氣十足威風凜凜，所以穿上印有NCKU的衣服。」

秀芬：「NCKU跟霸氣十足威風凜凜有什麼關係啊？」

我：「我英文程度較差，以為NCKU是Nobody Can Kill Us的縮寫。」

秀芬：「呵呵，你這樣的英文程度恐怕外文系主任也救不了你。」

我：「沒關係，反正妳是我的救命菩薩，我賴著妳就萬事OK了。」

走了一陣子，來到一個大草坪區，裡面種了三顆好大好高的大榕樹。

秀芬：「蒲阿，這是我們成大的地標榕園，也是我們成大的精神指標。」

我：「這榕樹搞不好都有百歲以上的年紀了。」

秀芬：「沒錯，我聽說他們的年紀都很大。」

看到這巨大的榕樹，我心裡立刻產生一個新的聯想，又可以來呼嚨秀芬了，我應該是徐志摩轉世。

我：「秀芬我跟妳說，老一輩的人認為老榕樹是月老星君的化身，榕樹的鬚根就像月老星君的鬍鬚，如果帶著情人來摸著鬍鬚許願，一定可以實現願望的，摸越老的榕樹、越長的鬚根越靈驗喔，走，我們趕快過去許願。」

秀芬：「嗯，好。」

我們走到中間這棵最大最高的榕樹下，並且找到最長最茂盛的鬚根，我一手牽著秀芬的手，一手撫摸著老榕的鬚根，閉著眼睛，心裡默默的許願，而秀芬也跟我同樣的動作許著願，我偷偷的瞄她一下，怎麼覺得淺笑中帶點詭異。

秀芬：「蒲阿，你許什麼願，告訴我。」

我：「我許一個很普通簡單的願望，就是希望我跟妳有情人終成眷屬。那妳許什麼願望？」

秀芬：「我許一個更容易達成的願望，只是要一點時間來完成，你還記得欠我一個心願嗎？」

我：「當然記得，如果妳的願望需要我完成，我一定用畢生的精力來幫妳實現。」

秀芬：「我們心有靈犀喔，我許的願望是你要一輩子對我好，不能變心，簡單吧，只是需要一些時間來完成。」

媽呀，這心願未免太宏遠了吧，要用一輩子的時間來完成，難怪臉上有詭異的笑容，我看這輩子難逃她的手掌心了。

我：「嘿嘿，妳這小小的願望我一定兌現。」

當我踏進成大的校園後，我知道我的高中生活已經結束，而這場愛情競賽也結束了。如果以女生條件除以男生條件當作計分基礎的話，毫無疑問我是最大的贏家。原本一場不以為意的比賽，玩著玩著卻身陷其中，無法自拔，人生從此定格。我覺得愛情就像吸毒一樣，當情侶在談戀愛時就已經染上毒癮，無法自拔，但當毒蟲上身後，說什麼立志要用功讀書考研究所這些偉大的抱負，都拋諸腦後。我相信這場熱戀，將持續在大學生活中發光發熱，也將讓我人生中的黃金年代塗滿繽紛色彩不留白，毫無遺憾的往生命的樂園邁進。

國家圖書館出版品預行編目 (CIP) 資料

高中生的愛情競賽/林正浚作. -- 第一版. -- 新北市 : 商鼎數位出版有限公司, 2024.02
面； 公分
ISBN 978-986-144-258-7(平裝)

863.57　　113001339

高中生的愛情競賽

作　者　林正浚

發行人　王秋鴻
出版者　商鼎數位出版有限公司
地址：235 新北市中和區中山路三段136巷10弄17號
電話：(02)2228-9070　傳真：(02)2228-9076
網路客服信箱：scbkservice@gmail.com

編輯經理　甯開遠
執行編輯　廖信凱
美術設計　黃鈺珊
編排設計　蕭韻秀

商鼎官網
來出書吧！

2024年2月21日出版　第一版／第一刷